馬修・史卡德自傳

Matthew Scudder

勞倫斯・卜洛克 著
江莉芬 譯

The Autobiography of Matthew Scudder

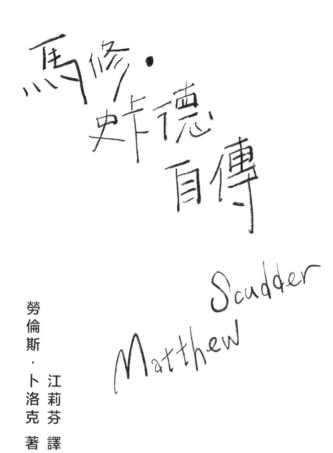

馬修・史卡德系列 20

馬修・史卡德自傳 The Autobiography of Matthew Scudder

作者——勞倫斯・卜洛克 Lawrence Block
譯者——江莉芬
封面設計——ONE.10 Society
業務——李振東、林佩瑜
行銷企畫——陳彩玉、林詩玟
發行人——涂玉雲

出版——臉譜出版
104台北市中山區民生東路二段141號5樓
電話：(02)2500-7696　傳真：(02)2500-1952
臉譜部落格 facesfaces.pixnet.net/blog

發行——英屬蓋曼群島商家庭傳媒股份有限公司城邦分公司
104台北市中山區民生東路二段141號11樓
客服服務專線：(02)2500-7718；2500-7719
24小時傳真專線：(02)2500-1990；2500-1991
服務時間：週一至週五上午9：30~12：00；下午13：30~17：00
劃撥帳號：19863813
戶名：書虫股份有限公司
讀者服務信箱：service@readingclub.com.tw

香港發行所——城邦（香港）出版集團有限公司
香港灣仔駱克道193號東超商業中心1樓
電話：(852)2877-8606　傳真：(852)2578-9337　E-mail: hkcite@biznetvigator.com

馬新發行所——城邦（馬新）出版集團 Cite(M)Sdn Bhd (458372U)
41, Jalan Radin Anum, Bandar Baru Sri Petaling, 57000 Kuala Lumpur, Malaysia.
電話：(603)9056-3833　傳真：(603)9057-6622　E-mail: services@cite.com.my

初 版 一 刷　2023年8月
ISBN 978-626-315-328-8

定價320元（本書如有缺頁、破損、倒裝，請寄回本社更換）

國家圖書館出版品預行編目資料

馬修・史卡德自傳／勞倫斯・卜洛克(Lawrence Block)著；
江莉芬譯. -- 初版. -- 台北市：臉譜出版：英屬蓋曼群島
商家庭傳媒股份有限公司城邦分公司發行, 2023.08
　面；　公分. --（馬修・史卡德系列；20）
譯自：The Autobiography of Matthew Scudder
ISBN 978-626-315-328-8（平裝）
874.57　　112008875

〈推薦序〉

關於我的朋友馬修・史卡德

臥斧

有很長一段時間，遇上還沒讀過「馬修・史卡德」系列的友人詢問「該從哪一本開始讀？」或「你最喜歡、最推薦哪一本？」之類問題，我都會回答，「先讀《八百萬種死法》，我最喜歡《酒店關門之後》。」

如此答覆有其原因。

「馬修・史卡德」系列幾乎每一本都可以獨立閱讀——作者勞倫斯・卜洛克認為，即使是系列作品，每部作品都仍該是個完整故事，所以倘若故事裡出現已在系列中其他作品登場過的角色，卜洛克就會簡述來歷，沒讀過其他作品或許不會理解角色之間的詳細關係，不過不會對理解手頭這本的情節造成妨礙。事實上，這系列在二十世紀末首度被引介進入國內書市時，出版社選擇出版的第一本書，就不是系列首作《父之罪》，而是第五部作品《八百萬種死法》。

出版順序自然有編輯和行銷的考量，讀者不見得要照章行事，我的答案與當年的出版順序並無關聯，《八百萬種死法》也不是我第一本讀的本系列作品。建議先讀《八百萬種死法》，是因為我認為這本小說最適合用來當成某種測試，確認讀者是否已經到達「人生中適合認識史卡德」的時期；

倘若喜歡這本，約莫也會喜歡這系列的其他故事，倘若不喜歡這本，那大概就是時候未到——生命中的哪個階段會被哪樣的作品觸動，每個讀者狀況都不相同。

這樣的答覆方式使用多年，一直沒聽過負面回饋，直到某回聽到一名友人坦承，自己初讀《八百萬種死法》時，覺得這故事「很難看」。有意思的是，這名友人後來仍然成為卜洛克的書迷，讀完了整個系列。

概略討論之後，我發現友人覺得難看的主因在於情節——這個故事並未完全依循推理小說作者與讀者之間不言自明的默契，結局之前的轉折雖然合理，但拐彎的角度大得讓人有點猝不及防，有部分讀者會覺得自己沒能被說服接受。可是友人同時指出，史卡德這個主角相當吸引人——這系列故事主線均由史卡德的第一人稱主述敘事，所以這也表示整個故事讀來會相當吸引人。能夠吸引讀者、呼應讀者自身的生命經驗、讓讀者打從心底關切的角色，總會讓讀者想要知道：這角色還會面對哪些事件，又會如何看待他所處的世界？

這是讓友人持續讀完整個系列的動力，也是我認為這本小說適合用來測試的原因——《八百萬種死法》是全系列中結局轉折最大的故事，也是完整奠定史卡德特色的故事。從這個故事開始認識史卡德，就像交了個朋友；而交了史卡德這個朋友，會讓人願意聽他訴說生命裡發生的種種故事。

約莫在友人同我說起這事的前後，我按著卜洛克原初的出版順序，重新閱讀「馬修．史卡德」系列，然後發現：倘若當初我建議朋友從首作《父之罪》開始讀，友人應該還是會成為全系列的忠實讀者，只是對情節和主角的感覺可能不大一樣。

史卡德登場

二十世紀的七〇年代，卜洛克讀了李歐納．薛克特的《論收賄》，這是薛克特與一名收賄的紐約警察一起完成的作品，內容講的就是那個警察的經歷。那是一名盡責任、有效率的警察，偵破不少案子，但同時也貪污收賄、經營某些不法生意。

卜洛克十五、六歲起就想當作家，他讀了很多偉大的經典作品，不過一開始並不確定自己該寫什麼；剛入行時他用筆名寫的是女同志和軟調情色長篇，市場反應不錯，六〇年代開始寫「睡不著覺的密探」系列，銷售成績也不差。七〇年代他與出版社商議要寫犯罪小說時，認為《論收賄》裡的警察或許能夠成為一個有趣的角色，只是他覺得自己比較習慣使用局外人的觀點敘事，沒什麼把握能寫好一個在警務體制裡工作的貪污警員。

於是卜洛克開始想像這麼一個角色：這個人是名經驗老到的刑警，和老婆小孩一起住在市郊，有辦案的實績，也沒放過收賄的機會；某天下班，這人為了阻止一樁酒吧搶案而掏槍射擊，但跳彈意外殺死了一個街邊的女孩。誤殺事件讓這人對自己原來的生活模式產生巨大懷疑，加劇了喝酒的習慣、與妻子分居、獨自住在旅館，偶爾依靠自己過往的技能接點委託維持生計，但沒有申請正式的偵探執照，而且習慣損出固定比例的收入給教堂……

真實人物的遭遇加上小說家的虛構技法，馬修．史卡德這個角色如此成形。

一九七六年，《父之罪》出版。

一名女性在紐約市住處遭人殺害，嫌犯渾身浴血、衣衫不整地衝到街上嚷嚷之後被捕，兩天後在獄中上吊身亡。女孩的父親從紐約州北部的故鄉到紐約市辦理後續事宜，聽了事件經過後找上史卡德——就警方的角度來看這起案件已經偵結，這名父親也不大確定自己還想做什麼，他與女兒幾年來鮮少聯絡，甫知女兒死訊，才想搞清楚女兒這幾年如何生活、為什麼會遇上這種事。警方不會處理這類問題，於是把他轉介給曾經當過警察、現已離職獨居的史卡德。

以情節來看，《父之罪》比較像刻板印象中的推理小說：偵探接受委託，找出凶案的真正因由。這個故事同時確立了系列案件的基調——會找上史卡德的案子可能是警方認為不需要處理的，或者是當事人因故無法、或不願交給警方處理的；而史卡德做的不僅是找出真凶，還會在偵辦過程裡挖掘出隱在角色內裡的某些物事，包括被害者、凶手，甚至其他相關人物。

緊接著出版的《在死亡之中》和《謀殺與創造之時》都仍維持類似的推理氛圍，不同的是卜洛克對史卡德的描寫越來越多。史卡德的背景設定在首作就已經完整說明，卜洛克增加的是史卡德處理事件過程的生活細節——他對罪案的執拗、他與酒精的糾纏、他和其他角色的互動，以及他在紐約憑藉公車、地鐵、偶爾駕車或搭車但大多依靠雙腿四處行走查訪當中的所見所聞，這些細節累疊在原先的背景設定上，逐漸讓史卡德越來越立體，越來越真實。

史卡德曾是手腳不算乾淨的警員，他知道這麼做有違規範，但也認為這麼做沒什麼不對——有缺陷的是制度，他只是和所有人一樣，設法在制度底下找到生存的姿態。這使得史卡德成為一個特殊的冷硬派偵探——這類角色常以譏誚批判的眼光注視社會，史卡德也會，但更多時候這類譏誚會轉為自嘲，因為他明白自己並不比其他人更好，這類角色常面不改色地飲用烈酒，史卡德也會，但酒精因而成為一種將他拽開常軌的誘惑，摧折身體與精神的健康；這類角色心中都會具備一套自己的道德判準，史卡德也會，而且雖然嘴上不說，但他堅持的力道絕不遜於任何一個硬漢。

我私心將一九七六年到一九八一年的四部作品劃歸為系列的「第一階段」。這四部作品的情節不只呈現了偵查經過，也替史卡德建立了鮮明的形象——作家替角色設定的個性與特質會決定角色面對衝突時的反應，而讀者會從這些反應推展出現的情節理解角色的個性與特質。史卡德並非完人，沒有超凡的天才，反倒有不少常人的性格缺陷，對善惡的標準似乎難以解釋，但他面對罪惡的態度會讓讀者清楚地感知那個難以解釋的核心價值。

讀者越來越了解史卡德——他不是擁有某些特殊技能、客觀精準的神探，他就是個試著盡力解決問題的凡人。或許卜洛克也越寫越喜歡透過史卡德去觀察世界——因為他寫了《八百萬種死法》。

反正每個人都會死，所以呢？

《八百萬種死法》一九八二年出版。

打算脫離皮肉生涯的妓女透過關係找上史卡德，請史卡德代她向皮條客說明。皮條客的行為模式與眾不同，尋找時花了點工夫，找上後倒沒遇到什麼麻煩；皮條客很乾脆地答應，但幾天之後，史卡德發現那名妓女出了事。史卡德已經完成委託，後續的事理論上與他無關，可是他無法放手，認為這事八成是言而無信的皮條客幹的；他試著再找皮條客，雖然不確定找上後自己要做什麼，不料皮條客先聯絡他，除了聲明自己與此事毫無關聯，並且要雇用史卡德查明真相。

在妓女出現之前，史卡德做的事不大像一般的推理小說；接下皮條客的委託之後，史卡德的工作方式則與前幾部作品一樣，不是推敲手上的線索就看出應該追查的方向，而是透過皮條客手下的其他妓女以及史卡德過往在黑白兩道建立的人脈，扎扎實實地四處查訪。因此之故，《八百萬種死法》有不少篇幅耗在史卡德從紐約市的這裡到那裡，敲門按電鈴，問問這個問問那個；其他篇幅一部分用來講述史卡德的生活狀況——主要是他日益嚴重的酗酒問題，酒精已經明顯影響他的神智和健康，但他對戒酒無名會那種似乎大家聚在一起取暖的進行方式嗤之以鼻，另一部分則記述了史卡德從媒體或對話裡聽聞的死亡新聞。

《八百萬種死法》的書名源於當時紐約市有八百萬人口，每個人可能都有不同的死亡方式；這些死亡事件與史卡德接受的委託沒有關係，史卡德也沒必要細究每樁死亡背後是否藏有什麼祕密。如此安排容易讓讀者覺得莫名其妙——我要看史卡德怎麼查線索破案子，卜洛克你講這些無關緊要的東西做什麼？不過讀者也會慢慢發現：這些插播進來的死亡新聞，讀起來會勾出某些古怪的反應，有時是深沉的慨嘆，有時是苦澀的笑意。它們大多不是自然死亡，有的根本不該牽扯死亡——例如有人扛回被丟棄的電視機想修好了自己用，結果因電視機爆炸而亡，這幾乎有種荒謬的喜感——讀者認為它們「無關緊要」，是因它們與故事主線互不相涉，但對它們的當事人而言，那是生命的瞬間消逝，可一點都不「無關緊要」。

是故，這些死亡準確地提出一個意在言外的問題：反正每個人都會死，所以呢？每個人如何迎來生命終點都無法預料，甚至不可理喻，沒有善惡終報的定理，只有無以名狀的機運；在這樣的世界裡，執著地追究某個人的死亡，有沒有意義？或者，以史卡德的處境來說，遠離酒精，讓自己清醒地面對痛苦，有沒有意義？

推理故事大多與死亡有關。古典和本格派將死亡案件視為智力遊戲，是偵探與凶手、讀者與作者之間鬥智的謎題；冷硬和社會派利用死亡案件反映社會與人的關係，什麼樣的環境會讓人做出什麼樣的掙扎，什麼樣的時代會讓人犯下什麼樣的罪行。其實，推理故事一直是最適合用來揭示人性的故事，因為要查明一個或數個角色的死因，調查會以死者為圓心向外輻射，觸及與死者有關的其他角色，釐清他們與死者的關係、死亡對他們的影響、拼湊死者與他們的過往，這些調查會顯露角色們的個性，死因與行凶動機往往就埋在這些人性糾葛之中。

《八百萬種死法》不只是推理小說，還是一部討論「人該怎麼活著」的小說。

「馬修．史卡德」是個從建立角色開始的系列，而《八百萬種死法》確立了這個系列的特色，這些故事不僅要破解死亡謎團、查出凶手，也要從罪案去談人性。

我們終將孤獨

在《八百萬種死法》之後，卜洛克有幾年沒寫史卡德。

據聞《八百萬種死法》本來可能是系列的最後一個故事，從故事的結尾也讀得出這種味道——史卡德解決了事件，也終於直視自己的問題，讓系列在劇末那個悸動人心的橋段結束，是個合理的選擇，也是個漂亮的收場——不過從隔了四年、一九八六年出版的《酒店關門之後》來看，卜洛克還想繼續以史卡德的視角看世界，沒有馬上寫他的故事，可能是自己的好奇還沒尋得答案。

因為大家都知道，故事會有該停止的段落，角色做完了該做的事、有了該有的領悟；但在現實生活裡，時間不會停在「全書完」三個字出現的那一頁，就算人生因為某些事件而轉往新方向，等在眼前的也不會是一帆風順「從此幸福快樂」的日子。卜洛克的好奇或許是：在史卡德直視自身問題、做了重要決定之後，他還是原來設定的那個史卡德嗎？那個決定會讓史卡德的生活出現什麼變化？那些變化是否會影響史卡德面對世界的態度？

倘若沒把這些事情想清楚就動手寫續作，大約會出現兩種可能：一是動搖前五部作品建立的系列基調——既然卜洛克喜歡這個角色，那麼就會避免這種情況發生；二是保持了系列基調但破壞了《八百萬種死法》那個完美結局的力道——真是如此的話，不如乾脆結束系列，換另一個主角講故事。

《酒店關門之後》是卜洛克思考之後的第一個答案。

這個故事裡出現三樁不同案件，發生在《八百萬種死法》之前。案件之間乍看並不相干（不過後來發現其中兩起有點關聯），史卡德甚至不算真的在調查案件——第一樁案件是酒吧常客妻子被殺，史卡德被委任去找出兩名落網嫌犯的過往記錄，讓他們看起來更有殺人嫌疑；第二樁事件是另一家起酒吧帳本失竊，史卡德負責的是與竊賊交涉、贖回帳本，而非查出竊賊身分。至於第三樁事件，史卡德完全沒被指派工作，那是一樁搶案，史卡德只是倒楣地身處事發當時的酒吧裡頭，而且也沒被搶。

三樁案件各自包裹了不同題目，這些題目可以用「愛情」、「友誼」之類名詞簡單描述，但真要說明白它們內裡的複雜層次，卻常讓人找不著最合適的語彙。卜洛克擅長用對話表現角色個性和推進情節，因此故事讀來一向流暢直白；流暢直白不表示作家缺乏所謂的文學技法，因為《酒店關門之後》完全展現出這類文字的力量——倘若作家運用得宜，這類看似毫不花巧的文字其實能夠帶領讀者無限貼近這些題目的核心，將難以描述的不同面向透過情節精準展演。

同時，卜洛克也在《酒店關門之後》為自己和讀者重新回顧了史卡德的完整形象，他的私人生活，他的道德判準，以及酒精。《酒店關門之後》的案件都與酒吧有關，故事裡也出現了非常多酒吧——高檔的酒吧、簡陋的酒吧、給觀光客拍照留念的酒吧、熟人才知道的酒吧、正派經營的酒吧、非法營業的酒吧、具有異國風情的酒吧、屬於邊緣族群的酒吧。每個人都找得到自己應該歸屬、宛如個人聖殿的酒吧，每個人也都將在這樣的所在，發現自己的孤獨。

史卡德並非沒有朋友，但每個人都只能依靠自己孤獨地面對人生，不是沒有伴侶或好友的孤獨，而是有了伴侶和好友之後才會發現的孤獨，在酒店關門之後、喧囂靜寂之後，隔著酒精製造出來的矇矓迷霧，看見它切切實實地存在。事實上，喝酒與否，那個孤獨都在那裡，只是少了酒精，有時就會缺乏直視的勇氣；可是理解孤獨，便是理解自己面對人生的樣貌，有沒有酒精，這都是必要的人生課題。

同時，《酒店關門之後》確立了這系列的另一個特色。假若從首作讀起，讀者會知道系列故事按著時序發生，不過與現實時空的連結並不明顯——那是二十世紀七、八〇年代發生的事，至於確切是哪一年則不大要緊。不過《酒店關門之後》開場不久，史卡德便提及事件發生在很久之前、一九七五年，是過去的回憶，而結尾則說到時間已經過了十年，也就是故事裡「現在」的時空應當是一九八五年，約莫就是《酒店關門之後》寫作的時間。史卡德不像某些系列作品的主角那樣，似乎固定停留在某段時空當中，他和作者、讀者一起活在同一個現實裡頭。

再過三年，《刀鋒之先》在一九八九年出版，緊接著是一九九〇年的《到墳場的車票》。卜洛克準備答案所花的數年時間沒有白費，結束了在《酒店關門之後》的回顧，史卡德的時間繼續前進，他用一種與過去不大一樣的方式面對人生，但也維持了原先那些吸引人的個性特質。

在人間與黑暗共舞

從《八百萬種死法》至《到墳場的車票》是我私心分類的「第二階段」，卜洛克在這個階段重新整理了對角色的想法，讓史卡德成為一個更有血有肉、會隨著現實一起慢慢老去、仿若與讀者一同生活在現實的真實人物。而系列當中的重要配角在前兩階段作品中也已全數登場，史卡德的人生即將邁入新的篇章。

我認定的「馬修．史卡德」系列「第三階段」從一九九一年的《屠宰場之舞》開始，到一九九八年的《每個人都死了》為止，卜洛克在八年裡出版了六本系列作品，寫作速度很快，而且每個故事都很精采，人性描寫深刻厚實，情節絞揉著溫柔與殘虐。

雖說先前談到前兩階段共八部作品時一直強調角色塑造，但不表示卜洛克沒有好好安排情節。卜洛克的確認為角色很重要──他在講述小說創作的《小說的八百萬種寫法》中明確寫道：「幾乎所有讀者持續翻閱任何小說的主要原因，就是想知道接下來發生的事，讀者之所以在乎接下來發生的事，則是因為作者描寫人物性格的技巧。小說中的人物若有充分描繪，具有引起讀者共鳴與認同的力量，讀者就會想知道他們下場如何，並深深擔心他們的未來會不會好轉，」「馬修．史卡德」系列可以視為這番言論的實際作業成績。不過，同一本書裡，他也提及寫作之前應該重新閱讀，不是以讀者的眼光閱讀，而是以作者的洞察力閱讀。卜洛克認為這樣的閱讀不是可以學到某種公式，而是能夠培養出一些類似「直覺」的東西，知道創作某類小說時可以用什麼方式。

說得具體一點，「以作者的洞察力閱讀」指的不單是享受故事，而是進一步拆解故事，找出該故事的作者用什麼方法鋪排情節，如何埋設伏筆、讓氣氛懸疑，如何製造轉折、讓發展爆出意外。

開始寫「馬修．史卡德」系列時，卜洛克已經是很有經驗的寫作者；要寫犯罪小說之前，他已經拆解了不少相關類型的作品。史卡德接受的是檢調體制不想處理、或當事人不願交給體制處理的案件，這些案件不大可能牽涉某種國際機密或驚世陰謀，但往往蘊含隱在社會暗角、體制照料不到之處的幽微人性──而史卡德的角色設定，正適合挖掘這樣的內裡。

從《父之罪》開始，「馬修．史卡德」系列就是角色與情節的適恰結合，而在寫完前兩個階段、史卡德的形象穩固完熟之後，卜洛克從《屠宰場之舞》開始加重了情節的黑暗層面。《屠宰場之舞》出現性虐待受害者之後將其殺害、並且錄影自娛的殺人者，《行過死蔭之地》出現綁架、性侵，並以切割被害者肢體為樂的凶手，《一長串的死者》裡一個祕密俱樂部驚覺成員有超過正常狀況的死亡機率，《向邪惡追索》中的預告殺人魔似乎永遠都有辦法狙殺目標。

這些故事都有緊張、刺激、驚悚、駭人的橋段，而在經營更重口味情節的同時，卜洛克持續讓史卡德面對自己的人生課題——前女友罹癌、要求史卡德協助她結束生命；原來已經穩固的感情關係，忽然出現了意想不到變化；調查案子的時候，自己也被捲入事件當中，更糟的是，自己的朋友也被捲入事件當中、甚至因此送命——諸如此類從系列首作就存在的麻煩，在第三階段一個都沒少。

史卡德在一九七六年的《父之罪》裡已經是離職警察，可以合理推測年紀可能在三十到四十之間，因此到一九九八年的《每個人都死了》為止，史卡德處於從三十多歲到接近六十歲的中壯年時期。在人生的這段時期當中，大多數人已經成熟、自立，有能力處理生活當中的大小物事，但也必須承受最多生活壓力——年長者的需求、年幼者的照料、日常經濟來源的提供、人際關係的維繫——而總也在這類時刻，一個人會發現自己並沒有因為年紀到了就變得足夠成熟或擁有足夠能力，毋需面對罪案，人生本身就會讓人不斷思索生存的目的，以及生活的意義。

「馬修．史卡德」系列的每一個故事，都在人間與黑暗共舞，用罪案反映人性，都用角色思考生命。

新世紀之後

進入二十一世紀，卜洛克放緩了書寫史卡德的速度。

原因之一不難明白：史卡德年紀大了，卜洛克也是。

卜洛克出生於一九三八年，推算起來史卡德可能比他年輕一點，或者同樣年紀。在歷經種種人生關卡、頻繁與黑暗對峙的九〇年代之後，史卡德的生活狀態終於進入相對穩定的時期，體力與行動力也逐漸不比以往。

原因之二也很明顯：九〇年代中期之後，網際網路日漸普及，犯罪事件利用網路及相關科技的比例也慢慢提高。卜洛克有自己的部落格、發行電子報，會用電腦製作獨立出版的電子書，也有臉書帳號，這表示他是個與時俱進的科技使用者，但不表示他熟悉網路犯罪的背後運作。要讓史卡德接觸這類罪案並無不可——早在一九九二年的《行過死蔭之地》裡，史卡德就結識了兩名年輕駭客，真要寫這類罪案，卜洛克想來也不會吝惜預做研究的功夫；但倘若不讓史卡德四處走動、觀察人間，那就少了這個系列原有的氛圍。

另一個原因則相對沒那麼醒目：卜洛克長年居住在紐約，世貿雙塔就是史卡德獨居的旅店房間窗景，二〇〇一年九月十一日發生在紐約的恐怖攻擊事件，對卜洛克和史卡德這兩個紐約客而言都是巨大的衝擊。卜洛克在二〇〇三年寫了獨立作品《小城》，描述不同紐約人對九一一的反應與後續生活；史卡德沒在系列故事裡特別強調這事，但更深切地思考了死亡——史卡德這角色是因為死亡才成形的，那樁跳彈誤殺街邊女孩的意外，把史卡德從體制內的警職拉扯出來，變成一個體制外孤獨抵抗人性黑暗的存在。過了二十多年，人生似乎步入安穩境地之際，世界的陡然巨變與個人的生理狀態，則提醒每個人：死亡非但從未遠去，還越來越近。而這也符合史卡德與許多系列配角的狀況，他們和史卡德一樣，都隨著時間無可違逆地老去。

「馬修・史卡德」系列的「第四階段」每部作品間隔都較「第三階段」長了許多。第一本是二〇〇一年《死亡的渴望》，這書與二〇〇五年的《繁花將盡》是本系列僅有「應該按順序閱讀」的作品。下一部作品是二〇一一年出版的《烈酒一滴》，不過談的不是二十一世紀的史卡德，而是《八百萬種死法》之後、《刀鋒之先》之前的史卡德——這兩本作品之間的《酒店關門之後》談的是一九七五年發生的往事，以時序來看，讀者並不知道史卡德在那段時間裡的狀況，那是卜洛克正在思索這個角色、史卡德正在經歷人生轉變的時點，《烈酒一滴》補上了這塊空白。

餘下的兩本都不是長篇作品。《蝙蝠俠的幫手》是短篇合集，可以讀到不同時期史卡德遭遇的事件，讀者會發現即使沒有夠長的篇幅，卜洛克一樣能夠巧妙地運用豐富立體的角色說出有趣的故事。二〇一九年的《聚散有時》則是中篇，也是「馬修・史卡德」系列迄今為止的最後一個故事，事件本身相對單純，但對系列讀者、或者卜洛克自己而言，這故事的重點是交代了史卡德以及系列當中重要配角的生活，他們有的長大了，有的離開了，有的年老了，但仍然在死亡尚未到訪之前，在生命裡碰撞出新的火花，發現新的意義。

最美好的閱讀體驗

「馬修・史卡德」系列的起始是犯罪故事，屬於廣義的推理小說類型，每個故事裡也都能讀出推理小說的趣味，縱使主角史卡德並非智力過人的神探，但他踏實地行走尋訪，反倒看到了更多人間光景、接觸了更多人性內裡。同時因為史卡德並不是個完美的人，所以他的頹唐、自毀、困惑，以及堅持良善時迸出的小小光亮，才會顯得格外真實溫暖。

是故，「馬修．史卡德」系列不只是好看的推理小說，還是好看的小說，不只是好看的小說，還是好的小說——不僅有引發好奇、讓人想探究真相的案件，不僅有流暢又充滿轉折的情節，還有深刻描繪的人性。

讀這個系列會讓讀者感覺真的認識了史卡德，甚至和他變成朋友，一起相互扶持著走過人生低谷、看透人心樣貌。這個朋友會讓人用不同視角理解世界、理解人，或者反過來理解自己。

我依然會建議初識這個系列的讀者，從《八百萬種死法》開始試試自己和史卡德合不合拍，不過或許除了《聚散有時》之外，任何一本都會是很好的選擇——不同時期的史卡德作品會有些不同的質地，但都保持了動人的核心。

這些年來我反覆閱讀其中幾本，尤其是《酒店關門之後》，電子書出版之後，我又從《父之罪》開始依序閱讀，每次閱讀，都會獲得一些新的體悟。史卡德觀看世界的視角未曾過時，卜洛克對人性的描寫深入透澈，身為讀者，這是最美好的閱讀體驗。

馬修・史卡德自傳

The Autobiography of
Matthew Scudder

Matthew Scudder

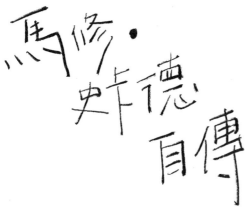

我不只一次受邀撰寫馬修．史卡德的故事，雖然我確信以略像小說的手法再次詮釋他的案件必定會受到讀者歡迎，但這並非此事的用意。這麼做的目的是想提供史卡德這個人的傳記報告。

我可以理解為什麼會被選中執行這項任務。史卡德在我的十九本書裡皆擔任敘事者和主要角色，其中包括十七本小說、一本短篇小說集，以及最近的一本短篇小說，由此可推知我對他有一定程度的了解。

然而，書寫關於史卡德的事情，並記下這個傢伙的生平背景和觀察，這個想法一直都令我耿耿於懷。每當採訪者要求我形容他的外貌，或比對他的個人史當中是否有與我雷同之處時，我都會變得不太友善。

採訪者也許會好奇史卡德的音樂品味如何，還有他都在哪裡購買服飾。他支持墮胎嗎？他會去投票嗎？還有一些令人意想不到的假設性問題。史卡德見過飛碟嗎？如果他見過，那麼他會有什麼想法？

我不理會那些問題，同時也發現自己想逃避眼下這個任務。打從我一九七三年底開始撰寫馬修．史卡德的故事，他就一直是我生命中極其重要的小說角色。現在是二〇二二年夏天，而我在鍵盤前仍對他念念不忘。

的確，這幾乎是半個世紀的時間，而在這期間，我卻記不得自己曾寫過關於馬修．史卡德的故事。我不是故意要心口不一，書架放了十九本或許是他由別人代筆的自傳，但我的名字會出現在書背和書封上也不是沒有原因的。我形塑那些故事，給了它們立體的樣貌，彰顯某處也削減某處。稱它們是我的著作，說我是那些書籍的作者，我毫無異議。

可是別問我他是怎麼樣的一個人。

指派這項任務給我的是一位友人，我非常珍視我們的友誼，我不想讓他失望。也許有辦法能完成他的委託，而且不會逾越我這多年來所扮演的角色。

我會用一直以來的方式，站到一旁讓這名男子自己決定要對你們訴說多少故事。

∞

不太知道該從哪兒開始。

我想就先從我的出生講起吧。我得招認一件事，那就是我的生日並非如同在至少一本書裡的內容所述。儘管那些是如實的陳述，或者像人類記憶力和藝術上的需求讓它們呈現真實的樣貌，但有時還是會有落差。我不知道為什麼勞倫斯．卜洛克要讓我的生日在四月或五月，不過他確實這麼做了，而且還強調我是金牛座，天性堅毅或固執，看你喜歡哪一個，而那樣的個性據稱和此星座相符。

我無法否認這些特質，不過事實上我是處女座，生日是一九三八年九月七日，在位於大廣場的布朗克斯婦產醫院出生，是查爾斯．路易斯．史卡德和克勞蒂亞．柯林斯．史卡德的第一個孩子。我的名字是馬修．柯林斯．史卡德，柯林斯是我母親的姓。就我所知，家族裡沒有其他人叫馬修，我想他們只是覺得這個名字聽起來順耳吧。

我出生時我們必定住在布朗克斯，不過沒在那裡住很久，因為一九四一年十二月四日，我弟弟在皇后區的某間醫院出生，當時我們是住在里士滿希爾。他們將他取名為喬瑟夫・耶利米・史卡德，在他出生三天後，日本人轟炸珍珠港，再隔兩天我弟就夭折了，也許是死於先天缺陷或分娩的併發症。我從來不知道究竟發生了什麼事，可是他的出生想必困難重重，因為母親差點因此死去，她一直在醫院待到聖誕節前才出院。期間，她的弟媳負責照顧我，也就是佩姬舅媽，她嫁給我母親的弟弟華特。

這些我一概不記得了，我會知道是因為有人跟我說過，但我完全沒印象。我曾經有個弟弟，活了不到一個禮拜，而我從未見過他。

「自從你弟弟死後，你媽整個人都變了。」我不只一次聽佩姬舅媽這麼說，還有其他阿姨也是，可能是羅莎莉阿姨，或者也很可能是瑪莉・凱薩琳阿姨。我有很多舅舅阿姨們，大多是我母親這邊的親戚。我爸爸有兩個妹妹，分別是教三年級、終生未嫁的夏洛特姑姑，還有已婚住在堪薩斯州的海倫姑姑，我想她是住在托皮卡，早在我出生前好幾年就定居於此。我在父親的喪禮上見過海倫姑姑一次，高中畢業就結了婚的她搭機回來參加喪禮，這是她離開紐約之後第一次回來。我記得她朝我走來，告訴我關於父親的兒時回憶，不過她當時喝得酩酊大醉，而且一直重複說著兩、三個同樣的故事。

當然，現在我所有的舅舅阿姨們都過世了。海倫姑姑有小孩，而且其中至少有一個年紀比我大，因為我猜正是因為懷孕而使她早婚、離開紐約。我從來不知道她的小孩叫什麼名字或者我有幾個堂兄弟姐妹，而且我也不知道他們是生是死。

至於母親那邊的表兄弟姐妹，為數還不少，不過我很久以前就和他們失去聯繫。如果我用心尋找，或許還是有機會找到。在我小時候有個廣播節目叫《基恩先生為你尋人》〔譯註：*Mr. Keen, Tracer of Lost Persons*，為美國最長青的廣播節目之一，播出時間從一九三七年至一九五五年。班尼特・基爾帕克（Bennett Kilpack）於一九三七年開始扮演基恩先生（Mr. Keen），與他忠實的助手麥克・克蘭西（Mike Clancy）為聽眾服務長達十八年〕。我不確定我有多想找到他們，不過我的確在尋找失蹤人口這回事上頗具經驗，而且那些人多半想隱姓埋名、不願被找到。

如今谷歌讓這件事變得相當容易，不過到目前為止，我並未朝那個方向努力，而且我也不認為我會這麼做。我的太太伊蓮曾經用棉花棒刮擦臉頰內側，並把沾了上皮組織的棉花棒寄給Ancestry.com族譜公司或裡面的人，因此對於她父母兩邊的祖先有驚人的了解（分別為馬岱家族和切普洛夫家族），同時還定期被告知她和某個與她姓氏不同的陌生人有大量相同的ＤＮＡ。

我可以寄一份我的ＤＮＡ樣本，畢竟我對於自己的祖父母所知甚少，對於史卡德家族和柯林斯家族早先的世代更是一無所知，可是就算知道了我們的家族裡有哪些英雄和惡棍，又有什麼差別呢？

還有，如果我在彭布羅克或奧勒岡有個第三代或第四代表親，那又如何？

或者我可能會發現我第一段婚姻所生的兒子麥可和安迪並非我唯一的後代。大約五十年前，就在我的第一段婚姻畫下句點前後，我的性生活相當活躍。那些年我酗酒無度、和陌生人上床，而且還說服自己她們都有吃避孕藥。

現在我想當然地認為，在那些探索人生的歲月中出現的伴侶，那些我在酒吧裡遇見時也和我一樣喝酒買醉的人們，其實並不比我負責任多少。她們之中可能有人懷著我的孩子，但卻不知道孩子的父親是誰。

或者她們根本對我一點印象也沒有。

也許有人會聽見一些風聲，然後來信或更可能是寄電子郵件給我，寫說：「你不認識我，不過我有理由相信你可能就是我的父親……」

我想我還是不驗DNA為妙。

∞

我懷疑在我弟弟過世之後，我的父母之中有一人改變了許多。我只是猜想，或者是推斷，因為在那不幸的一週來臨之前，我對他們毫無記憶。

我想他們是好父母吧，我從沒被打過屁股，更別說被狠狠揍過。如果他們曾經作勢互毆，我也無幸得見。我不記得家裡有過太多爭執，而當我試著回想最早那些歲月，就會有一種長時間寧靜無聲的感覺，那些下午與傍晚的時光，唯一的人聲是從收音機傳來的。

「今晚有個好消息！」

那是加布里埃爾・希特在WOR頻道新聞廣播節目上的口頭禪，我現在還記得那句話，和他那圓潤宏亮、精力充沛的聲音。我爸爸以前從不曾錯過希特的節目，除了有時他趕不及回家收聽之外。我相信這位新聞記者一定有些夜晚沒說那句話，因為當時世界大戰正如火如荼地進行著，不是每一天都有好消息。但加布里埃爾·希特顯然樂見事情的光明面，而且我認為我父親喜歡那七個字的程度，至少可媲美他對世界時事的關心。

有時他在節目播完很久之後才回到家，我媽媽可能有轉開那個節目，也可能沒有。「今晚有個好消息！」他會這麼大聲說，雖然聲音和希特並不像，但他會模仿希特說話時的抑揚頓挫。有時他會點到為止，有時可能又會分享當晚的好消息，多半是洋基隊獲勝的消息。正如我們軍隊在歐洲和亞洲的表現，支持洋基隊的投資報酬率很高，他們贏球比輸球的機率高出許多。

我不知道為什麼要繞著這個話題打轉，所以讓我直截了當地說：他會酗酒。他來不及聽加布里埃爾·希特節目的那些夜晚，通常都是在他喜歡的酒吧裡待到很晚，但不管是哪一間酒吧，也不管他哪時候回到家，他身上總有威士忌那令人安心的味道。

令人安心？多讓人驚訝的用詞，沒想到我竟會這樣說。

不過這的確對於查爾斯·史卡德而言是種慰藉，而且我猜對我而言也是。我的慰藉來自於他身上散發的酒氣和香味，那股味道意味著爸爸到家了。

酒後的他並不會走路踉蹌，也不會摔倒，說話會大聲一些，不過我不記得他曾經因此而口齒不清。他不會有性格上的轉變，也不會有口語或肢體上的暴力行為。如果尚未用餐，那他會吃一點東西，而且可能會從櫥櫃裡拿一瓶酒，為自己斟一杯，一邊抽著切斯特菲爾德香菸，一邊啜飲著酒，同時聆聽收音機或翻開晚報閱讀。

他喝的是調和威士忌，我記得那些名稱裡帶有數字的品牌：四玫瑰、三羽毛或施格蘭七皇冠威士忌。

我們似乎很常搬家。在我出生時，我們住在布朗克斯，後來我弟弟出生和死去時，我們住在皇后區。我上幼兒園時我們還住在里士滿希爾，不過小學一年級讀到一半時我們又搬家了，我想是搬到里奇伍德或格倫代爾，因此我得讀新的學校。那間學校必定是天主教學校，我記得有修女。

我們家並沒有特別信奉什麼教，我爸爸那邊的親戚名義上是新教徒，不過沒有人上教堂。柯林斯家族裡有天主教徒和新教徒，我想要是他們住在貝爾法斯特，他們早就對彼此扔炸彈了（譯註：馬丁．路德（Martin Luther）的宗教改革運動使歐洲分為天主教與新教兩派，並引發了大規模的戰爭），只不過現在沒有人把這件事看得那麼嚴重了。

我母親的妹妹艾琳阿姨嫁給一位名叫諾曼．羅斯的人，他把自己的姓從羅森堡改為羅斯。「猶太人都是好丈夫，」我聽過其中一個阿姨發表過這個言論，而且我記得，我很納悶那是什麼意思。後來我想到，會不會表示他們很善於理財，或者不與酒精為伍，也可能兩者皆然。

我不知道諾曼姨丈是否善於理財，也不太確定他是重度酗酒、淺嚐即止或滴酒不沾，不過他並未離酒精太遠，因為他開了一間酒品專賣店，而且被持槍搶劫過很多次。最後一個把槍口對著他的人扣下了扳機，結束了諾曼．羅斯，原姓羅森堡的生命。

過了幾年，艾琳阿姨再婚，又嫁給猶太人。梅爾姨丈的姓氏是加芬克爾，所以我想他應該不會改姓。他在皇后大道上開了一間社區型五金行，五金行被搶劫的頻率比酒品專賣店少得多，就此，艾琳阿姨和梅爾姨丈過著幸福快樂的生活。

你瞧，我是個老人了，我的思緒就像一條悠長的河流，反覆蜿蜒，沒特別趕著要往哪裡去。不著邊際，大概就是這個形容詞吧。

∞

我的母親一直都在，但她的存在總是帶著一點不確定感。她會做所有該做的事，早早起床幫我們準備早餐、鋪床、洗衣、擦地、購買日用雜貨和料理晚餐。

她幾乎都是不吭一聲地做這些事，我不認為她除了家族的人之外還有別的朋友。若電話鈴響，而電話其實並不常響起，來電者通常都是她的其中一個姐妹，要和她分享某些家族裡的新聞，像是某人生病、訂婚、懷孕或死了。

如果我當時在家，會聽見她在對話結尾說的話。「噢，太糟糕了。噢，真棒啊。噢，很遺憾聽見這件事。」

她不愛喝酒，如果要慶祝某件事，她雖然會受父親慫恿喝上一杯，但通常不會喝第二杯，而且往往不會把第二杯酒喝光。那讓我想到多年來我一直沒想起的一件事，那就是我曾經發現一杯她沒喝完的酒，於是我把那杯酒喝個精光。僅此一次，當時我可能也才八、九歲，但即使在那時，我也知道自己不該這麼做。

但我就是很想喝，而且當下沒人在看，於是我一飲而盡。那應該是約有兩盎司的威士忌蘇打，但泡沫都已消去，等我拿到時，大部分都是融冰了。

我喜歡酒的滋味，我當時一定也很喜歡喝酒這回事。後勁如何？我不認為有後勁，至少我沒感覺到。而且對於自己做了某件錯事，我是憂喜參半。沒人知道我喝了酒，而且也不會有人發現這件事（我不確定如果他們知道之後會有多生氣），不過我是個乖小孩，大家不覺得我會做不該做的事。

我記得自己產生兩個念頭，第一是從今以後，要是有一杯酒是她不再喝的了，那麼我會讓酒留在原地，或者一滴都不喝就倒入水槽；第二是威士忌是美好的事物，等我長得夠大了，我要大喝特喝。

大喝特喝，再多喝一點。

∞

雖然母親不太喝酒，但她會抽菸，而且我認為她比我父親抽得更兇。不管她在做什麼，總點著一根菸。如果她在烹煮食物或鋪床，那麼在她附近會有一根菸在菸灰缸裡悶燒著，等著她伸手去拿。要是她正坐著聽收音機，她會用指尖夾著一根菸，而且在捻熄後不久就又點一根。

和我父親一樣，母親抽的香菸品牌是切斯特菲爾德，所以理所當然我第一次抽菸就是抽這個牌子，鬼鬼祟祟地從她那裡偷菸。那是在我第一次喝酒的幾年後，雖然我也知道抽菸是不被允許的，但我不記得有因此覺得困擾，困擾我的是菸的味道。我抽第一根菸時，最多就只能吸一口，而且儘管多年來我嘗試過其他牌子，其中有些也能抽個半根，但我從來沒能欣賞菸草的味道，也不會抽上癮。

但克勞蒂亞．史卡德不一樣，雖然我從沒看她把一根菸抽完過，但她除了進食或睡覺之外，基本上菸不離手。一整盒菸用不到三天就解決了。

所以她一天要抽上三、四包。我小時候，一整盒菸兩元，販賣機裡一包菸是二十五分錢。我們家經濟雖不寬裕，但即使是老菸槍的惡習也不會對經濟狀況造成太大影響，沒有人得為了應付下一包或下一盒香菸的費用而放棄什麼。

我剛剛查了，谷歌替我省下跑一趟轉角熟食店的工夫，在紐約市平均一包香菸是十一美元九十六美分，所以算了算，一根菸要六十分錢？在我母親的年代，一根菸才一分錢。

總而言之，香菸和肥皂劇讓她安然度日。一開始好幾年是聽收音機，後來在我高二讀到一半時，我爸帶了一台飛歌電視機回來，於是不用多久，母親就將原本對於只有聲音與音效的忠誠，轉而投射在她真正能看見的角色上了。

這就是進步。

香菸要了她的命，不過那是等到酒精害死我父親快九年之後的事了。

要回想這些事、把所有的事情寫下來，這麼做很艱難。我想我還是就此打住吧。

8

我父親曾做過無數的工作，我並非清楚知道他何時結束原本的工作，何時又開始從事新工作，而且他每一份工作的內容我也不完全了解。有一陣子他在當一間烘培坊的送貨司機，我會記得這份工作，是因為有幾次星期六他帶我一起開車送貨。

他曾經開過一間鞋店，位於南布朗克斯的一間社區型商店。他買下那裡時我們原本住在別的地方，在布朗克斯的另一區，或者也可能是在皇后區的某處。而在他擁有那間店一、兩個月後，我們就搬到離店更近的地方，有時我會在放學後走路去店裡。

那一年還沒過完，鞋店就倒閉了，我們又搬到其他地方。現在商店坐落的街區，還有我們居住的兩層樓木造公寓全都為了建造跨布朗克斯高速公路而被夷為平地。多年來我經過那條公路時總會想起父親的鞋店。

所以他每個工作都做不久，不過他的待業時間也都不會太長。直截了當地說吧，他是個酒鬼，而無論一個人有沒有在上班時間喝酒，酒精對於此人的職涯肯定會造成影響。

我不知道他可能會怎麼形容自己酗酒的情況，他也許會說自己是個功能正常的酗酒者，我聽過頗多人這麼形容自己，也理解這個名詞，不過我可能會把修飾語換成功能失調的。

我覺得他多半是自己放棄那些工作的，那些是沒前途的工作、無趣至極，而且錢太少事情又太多。但有些時候我確定他是被辭退的。

他是個酒鬼和憂鬱症患者，不過我從沒聽過別人把這兩個名詞套用在他身上。他似乎對於自己的情況很怡然自得——像是夜晚總沉浸在威士忌的世界裡；他似乎永遠都無法成大事；縱然每次換工作或居所擁有短暫樂觀，但最後他都會回到一開始的樣貌，一如既往。

我記得有一晚，就和其他夜晚沒兩樣，母親在廚房裡，父親則坐在客廳的椅子上，一手拿著酒杯，三羽毛、四玫瑰之類的威士忌。

「噢，馬修。」他說完把杯子舉到半空中，透過杯子望向天花板的燈具。「這世界就是個難搞陳腐的地方。一個男人要有所成就，得有人幫一把。」

∞

有人跟我說他是怎麼死的。我相當確定有在其中一本書裡提過，也許不只一本，不過就如同書中的其他事，他的死因可能在陳述中經過潤飾。這些書都是故事，儘管內容是出於事實，但作者仍有意將之塑造成故事，每一篇都有開頭、本文和結尾。

我想人的生命也不例外，只不過通常在書中會分得更加明確。查爾斯·史卡德的人生大多是本文的部分，跟大多數人一樣，除了他的次子，也就是我的弟弟喬，他的人生在轉瞬間就從開頭跳到了結尾。

我很少想到這個我素未謀面也從沒能認識的弟弟，而如今八十年過去了，他彷彿就像在此地，在這個房間裡與我同在，就在我那多年來不斷萎縮的視野邊緣。

如果要說的話，他是在我的思緒邊緣徘徊不去。

那都無關緊要了。我父親離世那晚，他在西十四街的一個車站搭上卡納西線東行的地鐵。我不知道那天晚上他去曼哈頓做什麼，也不知道他為什麼特地搭乘那班開往布魯克林的列車。

我必須假設他喝了酒，到那個時間他已然黃湯下肚，而且可能還不只喝了一些。而在某個時間點，他從一節地鐵車廂走到另一節車廂，或至少是走到兩節車廂的中間走道處。在地鐵上不能抽菸，地鐵站裡的任何地方都不能抽，不過倒是聽說有站位的乘客會走到介於兩節車廂之間的平台上快速地抽根菸。

當然這是違法的，因為即使不在其中一節車廂裡，但依然是在地鐵上抽菸，而且這麼做還違反了另一條規則，那就是禁止乘客行車時在車廂間移動。不過我倒是沒聽過有人因此被告或甚至被警告。

也許是火車突然停下來、啟動或晃動，也或者不是這些原因，但又有什麼差別呢？他跌落車廂，於是夠多的車廂從他身上輾過，以至於棺木得上蓋，不得瞻仰。

出席葬禮的人比我原本預期的還多，當然其中有親屬，但很多都是我從前沒見過，之後也無緣得見的人。大多是男人，我猜他們是曾與父親共事的舊識。

父親得年四十三歲。

時序是八月底，是我在門羅的第二學年接第三學年的夏天，當時我在布朗克斯位於波因頓街上的詹姆斯門羅中學就讀，也許我根本不該讀那所高中，而應該考布朗克斯科學高中的入學測驗，但這件事從沒發生在我身上，也從未有人提起這項建議。

有時我會想，一些生活中理應無足輕重的小事，實際上會對生命帶來巨大而嚴重的結果。沒選擇要走的路，還有行經時根本不曾注意過的道路。往左轉而沒右轉，一個人原本可能會是通用汽車的執行長，最後卻變成星巴克第二班的咖啡師。

也有些時候我會持相反的看法，他無論如何都會成為咖啡師，不管沿途轉了多少個右轉。他可以在賓州大學華頓商學院攻讀工商管理碩士，但最後他還是會幫你在你的拿鐵咖啡裡雕琢可愛的奶泡圖案。

我離題了，剛才說到哪裡？噢，對了，在格里森街上的殯儀館望著一個上蓋的棺木。

當時是八月，我再過幾週就滿十七歲了。那年夏天我有一份工作，是在普爾斯坦藥局負責把貨品搬上架和遞送處方箋，但當然我也有假可休。

大約五、六天前，我爸要我打電話請病假，因為紅襪隊來訪，那天下午他們會在洋基球場比賽。「跟老闆說你可能會頭痛，帶上你的棒球手套，說不定能接到界外球呢。」

這些年來，他肯定帶我去看過，噢，大概十次或十二次球賽，而且每次都是洋基隊的比賽。紐約當時還有三支球隊，道奇和巨人再過一年才會移師西岸。雖然我們住在皇后區，但我從來沒能靠近艾彼特球場或馬球球場。如果我們去棒球場，就一定是洋基球場。

他當時是在開手套的玩笑。球場裡總是會有小孩、偶爾也會有成年人帶著棒球手套去看球，懷抱一絲希望期待擊球可能掉到他們附近。但我們兩人都認為這個舉動遜斃了，只不過我想我們當時應該是用別的形容詞。

我沒有戴手套去，也沒打電話到藥局請假。我說我很想去，但我真的得工作，他聽了說噢，好吧，下次。接著過幾天，他就在地鐵上抽菸喘口氣，以此結束他的一生。

∞

「在你弟弟死後，你爸就變了一個人似的。」我們在等待儀式開始時，母親小聲地對我說。之後過了幾小時，我們回到家，等到最後一批親友離開之後，母親又繼續對我訴說父親的事。

她說父親一直是個充滿熱忱的人，而且這份熱忱一直持續著，即使在喬死後也是如此，他會以活力與樂觀的心態面對一份新工作或新機會。

但那股熱忱不會維持太久，在那之後他的心情會變得陰沉，活力會消褪，而那個新的嘗試會和先前所有的經驗落得同樣下場。

「馬修，他是個好人。他盡力了，而且他愛你。」

∞

有人會想看這個嗎？

我想不透為什麼會有人想看，但我想把這件事寫下來。我是個老人，回頭遙望往事竟然帶給人神清氣爽的感受。攪動茶壺，過去的回憶便滾滾湧現。那些記憶大部分都沒有必要寫下來，但我所給予的少許關注能照亮長期被遺忘的角落。

有一位女性作家——她是南方人，我等一下就會想起她的名字——她說光是安然度過童年就讓她夠資格當一位作家。我猜想她的意思是，一個人的早年際遇會提供日後借鏡的依據，不管這麼說是否為真，但這句話我自己的解讀是，孩提時期是需要熬過去的，而每一位成年人都值得為了這項特別的成就受到讚揚。

我的童年生活過得還可以，就我現在花時間重新審視童年的過程中，我發現自己並不需要分享這些心得。

我不確定我的童年時光是何時結束的，不知道人要怎麼決定從哪裡劃定界線，或者是否真有明確的界線可言。我父親死的那天之前，我還是小孩嗎？就某些方面可能是，但某些方面而言卻不是，而我不確定這是不是需要提出的問題，更別說回答了，但至少有一件事情顯而易見。當他死的時候，我的童年時光就結束了。

而我熬過來了。

∞

如果他繼續活著，我會讀大學嗎？

這無從得知。我相信自己的聰明才智足以上大學，只是我的成績並不一定會反映我的聰明才智。我在上某幾堂課時比別人更用心。

要是我讀的是布朗克斯科學高中，那麼我會被認定是要上大學。讀那所學校的學生沒有人是要為當個碼頭裝卸工或郵差做準備。

然而我實際上讀的是詹姆斯門羅高中，而我有些同學上了大學，有些沒有，我不知道確切的數字，如果比例上是一半一半也不令人訝異。

就像擲硬幣一樣。

我想我的父母希望我上大學，或者心裡有一半假定我會這麼做。我記得父親曾若有所思的說，要是有讀大學，那麼他的人生將多麼不同，不過我不認為年輕的他有考慮過這個選項。

我高中時最喜歡的科目是拉丁課。我也說不上來是什麼讓我在高一就選這堂課，而且我記得父親對此翻了個白眼，嘲諷地看著我說，等我取得牧師的身分，這會很有用。我也不知道自己為什麼喜歡拉丁文，但我就是喜歡，而且這也是我總拿高分的科目。拉丁文有一種語言邏輯，對我而言那很有道理，而且也改善了我在英文課的表現。

拉丁課的第二年，我們讀凱撒所寫關於高盧戰爭的內容，同一年的英文課我們讀莎士比亞的劇作《凱撒大帝》，兩者十分適合搭配閱讀。我喜歡羅馬史，所以很期待高三的到來，因為到那時我們會讀西塞羅。過一星期左右，就在暑假之前，魯汀老師叫我下課後去找她。

我心想自己做錯了什麼事，結果發現我什麼也沒做錯。我下課後留下來，另一個女孩瑪夏・伊波利托也是。魯汀老師幾乎是淚眼汪汪地告訴我們，我們是唯二選修高三拉丁課的學生，而學校竟投票表決要取消這一門課。

魯汀老師。我不知道她當時多大年紀，不過至少已頭髮斑白，起碼比當時的我年長三十歲吧。如今想必已駕鶴西歸，但她對我而言一直以來都是魯汀老師，這一點從未改變。

她的名字是艾莉諾，我原本忘了，不過剛剛又想起來，而這是我對她唯一的了解。

那位寫有關孩提生活需要熬過去的女士名叫弗蘭納里．歐康納，我就知道我會想起來。

∞

幾年前我到林肯中心附近的邦諾書店，那應該是好幾年前的事了，因為那間店很久以前就關門大吉。當時伊蓮想找點書看，於是我在書店裡閒逛，後來視線被一個叫安東尼．埃弗里特的人撰寫的西塞羅傳記給吸引。我買下它也讀了，這麼做並未讓我回去閱讀西塞羅，無論是拉丁文或譯成英文的版本都沒有，不過那本書倒是挺有趣的，讓我又去買了一本很不錯的三卷本小說，是吉朋的《羅馬帝國衰亡史》。

我不知道自己有沒有辦法讀完第一卷，不過偶爾我會拿起這本書，讀個幾段或幾頁。

我看不出如果當時有上魯汀老師第三年的拉丁課，那麼現在的生活會有什麼不同。所有際遇到最後都會是相同的。我會是一個讀過西塞羅的警察，而我不確定這會不會令我與眾不同，和我那些念天主教學校的警察同僚相比。

無論讀不讀西塞羅，我都不會上大學。甚至就算我父親當時離卡納西線遠一點，我也不會讀大學。無論當時我如何看待上大學這件事，心理上都已經做好不再升學、邁向人生下一階段的打算。但父親的死確實讓某些事情塵埃落定。我需要錢來養這個家，養活自己和母親。

我的第一個念頭是輟學。再過幾週就是我的十七歲生日，而且我的身高夠高，一定能找到工作。

我原本可以找一份工作，不去學校上課就好，不過我在喪禮上對某位阿姨或舅舅吐露心聲時，對方立刻言明這不是明智之舉。每個人都認同我取得高中學歷的重要性，而母親也附和這些說法，她非常堅定地告訴我，我必須完成高中學業，除此之外其餘免談。

我從來沒聽過她說話這麼堅決，我覺得自己應該為了輟學的念頭向她道歉，而且很顯然這件事情沒得討論了。

同時，阿姨舅舅們開始集資。一開始我並未察覺他們的共識，而是在葬禮的兩、三天之後，羅莎莉阿姨和伯特姨丈帶著一只信封袋出現在我家。這是要協助我們度過難關，他們這麼說。他們把信封袋交給母親，我從來都不知道那裡面裝了多少金額。過了好幾個月，我總算問了，而我得到的答案，就只是他們非常慷慨大方。

伯特姨丈告訴我，接下來的兩年，我該做的事就是念完高中，而且我也該思考大學的事。CCNY，紐約市立學院就位於布朗克斯，離我家只需走一段路或搭幾站公車，而且免收學費，像我這樣聰明的年輕人要進去就讀應該沒問題。「那裡大部分是猶太人，」他說。「但不表示非猶太人不行。你可以去上課，同時找能配合課表的工作。想想看吧。」

∞

我不記得自己究竟有沒有思考過這件事，即使後來沒能上第三年的拉丁課，我還是繼續待在詹姆斯門羅，修滿堂的課。我高三那年依舊是在普爾斯坦藥局負責上架，以及三點半到七點店打烊的這段時間幫忙遞送處方。

我在星期六有不同的工作，其中只有一份工作有趣，而且只維持一個多月而已。那是某種市調公司的工作，工作內容是在布朗克斯的帕克徹斯特區挨家挨戶詢問大家對即溶咖啡的看法。我帶著寫字夾板和原子筆，詢問他們問卷上的問題，並記下回答。問卷調查者必須穿短袖正式白襯衫、打領帶，我猜這是為了讓我們看起來煞有其事或體面一點，又或者兩者都是。

讓這份工作有趣的並不是穿襯衫打領帶，也不是大家對即溶咖啡有什麼高見。有趣的地方在於，我完全不知道在我所敲的門後頭會出現什麼光景。多半時候是沒人在家，而有人應門的其中幾戶總會找到某種方式要我滾開，不過還是有很多戶人家為我敞開大門，因此我能一瞥他們的生活，雖然為時極其短暫。

而你知道，這件事帶來了持久的影響。一開始，要敲每一扇門我都得逼迫自己，我不知道自己是害怕，還是只是有點不安。這件事不像挨家挨戶登門推銷商品那麼困難，因為我不是要別人買東西，但仍多多少少感受到一點不受歡迎的敵意。

不過我還是辦到了，而且門敲得愈多，困擾就變得愈少，我猜世事就是如此。過了幾年後，我想起警校的老師告訴我們首字母縮略詞GOYAKOD〔譯註：原文為Get Off Your Ass and Knock On Doors〕能具體展現警察工作最必要又基本的元素。這個縮略詞代表什麼意思呢？就是「抬起屁股敲門去」。

當時的我已經知道要怎麼做了。

噢對了，有件事很奇怪。有個我在詹姆斯門羅中學的同學也在做相同的工作，穿白襯衫打領帶，拿著寫字夾板到處敲門。他叫艾迪・唐斯，原本我不認識他，是做即溶咖啡問卷調查期間才混熟的。我發現他輪班時花費的時間是我的一半，我們互相交換心得後，他很訝異我實際上幾乎每一戶都登門拜訪，而且還和開門的住戶交談。

而我也同樣震驚地發現他並未這麼做。他會敲幾戶人家的門，然後做些訪談，不過大部分問卷上的答案都是他自己捏造的。「因為誰會在乎啊，對吧？你以為真的有人會去看我們給的問卷嗎？你覺得真的會有麥迪遜大道上的天才，只因為住在傑洛姆大道五百三十七號的凱莉太太認為Yuban即溶咖啡聞起來像髒襪子，就改變廣告策略嗎？」

不是艾迪笨，就是我呆，我一直摸不著頭緒到底蠢的是誰。我認為艾迪會被開除，而且可能是遲早的事，不過即溶咖啡問卷工作總有結束的一天，而當那天到來，公司就會解雇我們兩個。他按照他的方式進行，而我也按照我自己的方式做事，我想我們都安然過關了。

我之所以會這麼正直坦蕩，是因為道德原則還是害怕結果？回首那段日子，我想主要的因素可能是因為我對其他事情興趣缺缺使然。省下的那一、兩個小時，我又能拿來做什麼？

然而到頭來，這樣的美德有了不可預期的回報。一個星期六下午，我敲了格勒貝大道上的門，一名女子開門後請我進去喝杯咖啡。（有鑑於我的問卷主題，這情況並不罕見。）一如以往我回絕了，因為我要再過幾年才懂得享受咖啡，於是她建議喝可樂或啤酒。我接受啤酒的提議，在那之後她巧妙地在往廚房走時撞上我，回來又撞到一次，於是你可以想見事情後來的發展。一開始我沒辦法做這件事，不過很快就進入狀況，所以那天我花了比平常更久的時間才值完班。

她名叫雪莉．拉斯穆森，她說自己三十五歲，在當時對我來說很老。現在回想起來，我認為她可能已經年近四十。她已婚，而且就算她曾經告訴我她先生的名字，我也老早就忘得一乾二淨了。她的先生當天下午出門去了，是帶孩子們去看尼克隊的比賽，而且根本沒問她要不要一起去，雖然就算問了她也不會去。籃球不是她的心頭好。

我們在她的臥房裡玩她的遊戲，房間的一面牆上有個耶穌像十字架，另一面牆上則有個耶穌聖心。如果我是天主教徒，那可能會讓我停下來，也可能不會。當時我只知道，我就要真正和女人上床了，所以我根本沒心思想別的事情。

我想現在的人可能會把她的行為視為猥褻兒童。我當時十七歲，年輕的十七歲，而她的年紀是我的兩倍，很多人會認為是她占我便宜。

而你知道，要是把性別調換，如果雪莉是個四十歲的男人，和一個十七歲的女孩發生關係，我可能會贊同占便宜之說。我知道這樣是兩套標準，兩種情況應該一視同仁才對，不過就我看來，分類似乎就是有差。

在那之後我又和她見了四次面，前後長達兩個月左右。我總在平日下午約一點的時候到她家，那是她先生出門上班，和孩子們放學之前的時間。我會假裝有預約看診，提早離校。

她並非美若天仙，而我想她的臉和身材也都過了全盛時期，不過她還是稱得上是有魅力的女人，而且她在性方面的活力與熱忱是她對我的吸引力所在。以她的年紀還有身處的情況來說，我不認為她對性的知識比別人多，不過如果你給我一本《慾經》〔譯註：*Kama Sutra*，又稱《愛經》，為古印度關於性愛的書籍〕，我會以為是她寫的。她知道自己喜歡什麼、想要什麼，而且不羞於讓我知道。

所以我們除了第一次的星期六之外，接著還有四天是在平日下午見面。最後一次見面時，她說我們度過很愉快的時光，不過現在該喊停了。「得趁我們之中有人太喜歡對方之前停止。」她說。我說了某些奇怪的話，也許是因為我已經非常喜歡她了，她聽了之後說那更有理由讓我們的關係到此為止。但首先還有一件事我們從沒試過……

之後我在回家的路上，感覺到失戀的人通常會有的失落感，不過我很訝異發現自己同時也鬆了一口氣。這就是那種必須喊卡的關係，而且很可能搞不好就搞砸的收場。但我們沒有，我們是以一種令人非常滿意的方式作結，這帶給我新知與經驗，我滿腦子裡全是些愉快的回憶。

等我回到家，我想起英文課的一個女孩子。我花了好幾天才鼓起勇氣，想像自己站在一個寫著她名字的門前，然後走上前去敲門，問她想不想去看電影？好啊，她說。

我有和任何人說過雪莉的事嗎？只有伊蓮，而且是在好多好多年後，那時我們兩個在回憶之巷的行程中為彼此導覽。除此之外，這件事情我沒跟任何人說過。

這種事情通常是高中男生會對朋友吹噓的，不過當時我沒有可以聊這種事的朋友。我也不知道為什麼，不過感覺這件事是我應該保密的。

我想到幾年前，有個在緬因州的高中女老師被發現和一個十五歲的男同學發生關係。她因此去坐牢，刑期滿長的，事實上她服刑了好幾年，然後出獄後和那位男同學結婚的消息還登上新聞頭條。

我們當時與米基和克莉絲汀．巴魯聊到這件事，我們一致認為這個故事精采至極，根本是童話般的結局，而被判入獄服刑是其中最令人難以置信的部分。

「像這樣的女人根本不該被判坐牢。」米基說。「應該給她天殺的榮譽勳章才對。」

8

我在升上高四的暑假在非工會的建築工地打工，為房東修繕和改建房屋，後來我們的團隊接到一個大案子，在國王橋改造一棟三層樓的木屋。那裡原本已經被分隔成有許多狹小通道的建築，我們把隔牆拆掉，讓它成為一棟雙層樓公寓，並使用鋁牆板讓室內的色調顯得更明亮。

我不是手特別巧的人，不過如果你做某件事情給我看，我通常都能抓到要領，況且沒人會期待我們為了工作鞠躬盡瘁。我和每個人都處得不錯，而且薪水頗優渥，時薪兩美元五十分，是我在普爾斯坦藥局的兩倍多，更何況我還能拿現金，不必被扣稅。

快到九月時，國王橋的房子距離完工還差一大截，他們很樂意讓我繼續留下來，對此我也不反對，不過母親不同意，而且我們團隊裡有人介紹我和一對兄弟一起做事，他們來自南斯拉夫的某個地方。主要是幫房東油漆公寓、做些能快速完成的工作，週末需要人手。雖然時薪只有兩美元，但好處是他們話不多，因為我根本聽不懂他們的口音，加上工作本身不吃力。

所以星期六，還有星期天上半天，我大概就是這麼過的。普爾斯坦藥局已經有別的工讀生頂替我的位置，不過布朗克斯藥局不少，我找到一間店願意在放學後到七點打烊之間雇用我。

我照常上課，但我只能說那些課並不是太吸引我。我那時高四了，我們在高四的英文課讀的莎士比亞戲劇是《哈姆雷特》，不過印象不深。

我們幾年前在電視上看到《凱撒大帝》，有幾個段落我是可以和演員一起背誦的。一年後我們看《哈姆雷特》，除了眾所皆知的那幾句台詞以外，那齣戲對我而言頗陌生。與其說是這齣戲，毋寧更像是我在詹姆斯門羅中學的寫照。

∞

在書中，我的一些經歷被塑造為娛樂功能，每一段都關乎某種案件，而且會有調查過程，最終有解決結果。它們是小說，具有特定的形式，每一篇都訴說一則故事。

那我在寫的究竟是什麼鬼東西？我想這是在書與書之間的部分，你會跳過的那個部分。為何不呢？我的意思是，誰會在乎這些事？

伊蓮也許會，她會興味盎然地閱讀這些內容。幾乎每件事情我們都和彼此分享，而且不只一次，不過這裡講的有些事情我似乎從沒費神提及。

更重要的是，寫下這些事令我覺得很有趣。人活到了這把歲數，過去發生的事和現在進行的事一樣令人感興趣，而且現在還比從前更容易將事情合理化。

所以我會繼續說下去，你不一定得跟，你自己決定。

8

畢業對每個人來說意義都不同，對於那些會上大學的人，畢業只是一個鐵路小站，而對於像我們這種不會繼續升學的人而言，這件事就比較大條了，是一個人從孩子轉大人的特別時刻。

畢業典禮之後接著是畢業派對，父母會在派對上為孩子的同學斟酒。（大多數情況這都不違法，紐約的合法飲酒年紀仍是十八歲，而我們多數人早已年滿十八了。）我參加了好幾場派對，隔天早上醒來時完全想不起自己從最後一個派對離開，是怎麼到家的。是走路回家的嗎？我沒開車，既沒車也沒駕照，是有人載我一程嗎？

於是我有了人生第一次不省人事的經驗，不過以前我還不知道這個說法，我只知道這種事情會發生在一個人喝酒過量的時候，而我顯然就是如此。

無傷大雅，我在自己的床上醒來，除了口渴之外別無症狀，足足喝了將近一升的水來解渴。

我在戒酒無名會的聚會上說過這段往事了，現在沒必要重提。

∞

我在那些畢業派對上的收穫，就是我聽見不只一、兩位同學這麼說：「從現在開始，人生走下坡了。」

說的好像當下就是他們人生最高峰似的。高中輝煌的幾年時光已過去，他們所預期的未來就只能做沒前途的工作、當卑微的上班族或送貨員。

如果男生的話是如此，若你是女生，你終其一生都會在鋪床、洗衣、煮食和幫小孩抹鼻涕、擦屁股中度過。或者你會在醫院幫人倒便盆、教五年級學生地理，而事實上他們對於坐紐約地鐵D線無法到達的地方全都興趣缺缺。

一路走下坡。

我當下可能附和這個觀點，或者至少跟著點頭，不過實際上我並不這麼想。我並不認為在詹姆斯門羅中學的這些時光輝煌光彩，而且從某種意義上來說，我爸爸在卡納西線抽菸休息的同時，我就提早畢業了。

而且還有別的原因。我有兩份工作等著我，一個是和我去年夏天工作雷同的建築團隊，一個是在物流公司的倉庫值晚班。這兩份工作都沒什麼前途，不過我本來就不打算做這兩種工作做一輩子。

我不知道我當時能不能告訴你這一點，不過在內心深處，我一直都抱持著樂觀的態度。未來是不可預見的，遠在地平面之外無法望見，但不可預見的未來除了可能是黑暗的，卻也可能是光明的。

這個觀念是來自我父親嗎？他曾告訴過我，這世界就是個難搞陳腐的地方，他確實看見了人生的黑暗面。

不過又有某樣東西讓他在每次跌倒之後站起來，在他離開舊東家後，總有個能指引他往新的工作前進的力量。也許那和指引他將手伸向可能帶給他歡快的酒精是同樣的東西。

無論我怎麼想，我心知肚明當時的生活只是暫時的，我會度過這段時間，而且在另一頭會有某個有趣的事情等著我。

不過首先，我得先等我母親死去。

∞

但我並非有意識地等著她死去。

我兼兩份工，白天和下午跟著哈利．齊格勒的團隊油漆房屋和修補牆面，晚上則在鐵路快遞公司運送包裹和條板箱。當然，我住在家裡。我還會住哪裡？

她總會及時起床幫我做早餐，我準備開始喝咖啡時，她就會倒好一杯，然後放些食物在我面前，可能是一些蛋或是麥片。這是霍布森選擇法則（譯註：Hobson's Choice，意指「別無選擇的局面」。霍布森

（Thomas Hobson，是英國從事馬匹生意的老闆，由於只准許顧客選擇離馬廄門最近的那一匹，因此霍布森選擇便成了讓人沒有選擇餘地的意思），而她就是霍布森，但我無所謂，我並不太在意吃下兩顆半熟蛋還是一碗葡萄堅果麥片。

她會坐在我的對面，喝一杯咖啡，抽著一、兩根切斯特菲爾德香菸。

起初我多半會回家吃晚餐，不過白天和晚上的工作之間並沒有太多空檔，而且有時還得從上一個工作地點換火車到下一個目的地，所以在途中買點像是披薩或熟食三明治墊墊肚子。後來我發現在鐵路快遞公司附近轉角的巧言石餐廳有蒸汽保溫餐桌，雖然不是米其林等級，不過賣的食物已經堪稱美味了，且價格公道，與其塞些點心，不如吃上營養均衡的一餐。

甚至還可以喝杯啤酒讓飲食更均衡。

或者兩杯。我原本不確定這麼做鐵路快遞公司的人會不會介意，後來才知道大部分同事也都是喝到半醉的狀態。經理在桌上放了一瓶老烏鴉威士忌，而我從沒聽他說起關於他自己或別人喝酒的事。我可能會在下班回家的路上喝一杯，也可能不會。到家後，我總會看到母親在廚房裡一邊抽菸一邊盯著電視機。我會坐一下，我們說說話，你以為我可能會記得我們說了些什麼，但那些對話只會像煙霧一樣在空中飄散開來。

煙霧。

她會咳嗽，在從前相對單純的年代裡，大家稱之為菸咳。她的咳嗽狀況日益嚴重，就如同每件事情總會招致的情況，有時她會咳得很痛苦，久久無法平息，然後她會控制住自己，說「這些天殺的東西」！並捻熄手邊的香菸，然而過幾分鐘她又會點燃另一根。

為什麼要提這件事？我想她必定患有慢性阻塞性肺病，只不過我是到好多年後才聽聞這個專有名詞。等她總算去看醫生時，醫生說她患有肺氣腫，而這是無法康復的疾病，不過如果她戒菸，就能遏止這個疾病，或至少減緩病情惡化的速度。

她試過戒菸，但不成功，等到再下一次她看醫生時，醫生照X光診斷出她罹患肺癌，不過我認為她從未說出這個字。

「他照了X光，發現，你知道，就是該發現的東西。」

不能說「癌」這個字。你可以因它而死去，但天殺的不能把這個字說出口。

時至今日，有了放射線治療和化療，她可能可以多活個幾年，甚至能活到最後因為別的病死去。如果她當初有買藍十字保險，或者家財萬貫，也許他們會讓她嘗試某種療法，雖然我肯定那種療法還是別碰為妙。

我意識到屋子裡有個女人來日無多了，於是我辭去鐵路快遞公司的工作，回家的路上會買一手啤酒，然後在電視前喝個一、兩瓶。我並非在扮演佛蘿倫斯·南丁格爾，不過就是做該做的事，而且這件事我並不需要做太久。

我聽說對每個戒菸成功的人而言，戒菸的重點在於戒菸的時機，是要在他們還活著的時候這麼做。母親照完X光後不久就戒菸了，不過不是因為她不想再抽菸，而是因為她再也無法這麼做，每每在她能吸進第一口菸之前，她就會開始咳嗽。

所以她確實是在活著的時候就成功戒菸，但對抽菸的渴望仍持續了五個月，直到她的心臟停止運作那晚為止。我一早起床來看她時，她已經走了。

∞

天啊，一切都和死亡有關，對吧？這個死了換那個，而我繼續過著自己的生活，直到走到人生盡頭。

∞

我回頭閱讀自己寫的東西，思考接下來要寫些什麼，這時伊蓮提到她在網路上讀到的消息，一條舊蒸汽火車鐵路線會開到紐約由提卡以外的地方。搭乘美國國鐵到由提卡，四小時的車程，接著再短暫搭乘這班老火車，你就能看到許多有趣的餐廳、民宿和值得一探究竟的地方。

於是我們休了三天假，對於由提卡這個地方，這樣的時間長短剛剛好。兩天後我們回來邀請米基和克莉絲汀·巴魯來家裡吃晚餐，伊蓮做了義大利麵和沙拉，這基本上是她的常備菜單，我們之中沒有人會喝比低咖啡因咖啡更濃烈的飲品。

我們不在時有個共同的朋友過世了，我們推測喪禮的時間和地點——詳細資訊還沒宣布，地點可能是在澤西島的河對岸——以及我們該不該去參加。我不知道我們是否達成結論，不過有人想起尤吉·貝拉（譯註：Yogi Berra，本名為勞倫斯·彼得·貝拉（Lawrence Peter Berra），為前美國職棒大聯盟捕手、教練與球隊經理，由於曾發表許多幽默妙語而聞名，那些話語被稱為尤吉語錄（Yogi-ism））曾說過的話：「如果你不去參加別人的喪禮，那麼你怎麼能期望別人來參加你的？」雖然這也可能是杜撰的。

「啊，老天。」米基說。「馬修，是我會參加你的喪禮還是你會來我的？」

這個問題懸在半空，沒人接話。接著他說：「不管怎樣這都是個可怕想法，所以也許我們會像麥吉尼斯和麥卡蒂那樣。」

我一臉茫然。

「你不知道那首歌？」

沒人知道。

他哼起一首我猜是愛爾蘭捷格舞曲或裡爾舞曲的旋律：

「噢，麥吉尼斯死了但麥卡蒂不知道，
麥卡蒂死了而麥吉尼斯不知道，
他們就死在同一張床上，
而彼此都不知道對方死了。」

還好及時改變話題。我不確定是怎麼回事，不過這件事讓克莉絲汀想起了一首歌，那首歌既不病態也不是愛爾蘭歌謠，描述一連串複雜的婚姻情境，導致一位年輕人娶了技術上來說是他祖母的女人。每個人都記得歌名《我是我自己的爺爺》，但沒人想得出來這首歌是怎麼唱的。
我大可以用谷歌搜尋歌詞，也可以在YouTube上聽這首歌，不過有這必要嗎？

∞

那晚結束前，我們又聊了更多關於死亡的話題。有些話讓我想起丹尼男孩和他所列的名單，名單上是一些他所認識的逝世者的名字。他這麼做了好一陣子，直到他開始對這件事情興趣缺缺，找到另一個讓他欲罷不能的領域為止。

「丹尼男孩，」米基說。「我得說他是非裔美國人，因為稱他是黑人太牽強了。我猜他得了白化症，皮膚白得像床單一樣。」

伊蓮說這就是為什麼現在黑人都用大寫一樣，藉此來表示人種與膚色無關。克莉絲汀說可是這的確和膚色有關，伊蓮也同意每件事都關乎顏色，以結束這個話題。後來米基又提起丹尼男孩，問是否他的父母都是黑人，或大寫的黑人，隨你高興。

我說那是我所理解的，雖然我從未見過他的父親或母親，但我想起上次我和丹尼男孩談話時他說的話。「他雇了一位系譜學家。」我說。「追溯到他的祖先是達荷美王國的皇族。」

「真的假的？」米基問。我說丹尼男孩認為是，而且保證下次會給我看那位女子畫給他的系譜圖。他沒說自己付了多少費用，不過顯然他覺得這筆錢花得很值得。

「那位王子，」伊蓮說。「也就是丹尼男孩，他好嗎，馬修？」伊蓮認識他的時間和我一樣久，而且我第一次見到伊蓮那晚，伊蓮正是和他坐在一起。

他有些健康問題，據我所知多數人都不例外。但是距離我上次見到他已經隔了好一陣子，也許好幾年了。他的眼睛和皮膚無法與陽光共存，導致他這輩子都得過著夜貓子的生活。現在我已經漸漸養成早睡早起的習慣，雖然誰也說不準這麼做的效果是否真如那句諺語說得那麼好。

「我想他還好。」我說。「否則我應該會聽說。如果他死了，難道不會有人打電話通知我嗎？」

「啊，」米基說。「除非原本會打電話給你的那個人自己也死了，這又是麥卡蒂和麥吉尼斯的故事重演。」

「就在同一張床上。」克莉絲汀說。「伊蓮，我想這就是我們和老男人結婚的後果。原本希望得到智慧，不料就只剩麥吉尼斯和麥卡蒂。」

∞

年紀可能也是一部分，過去的經歷逐漸在未來占有一席之地，而生活的部分意義就是要活得比別人長，只有得老年癡呆的人才不會察覺到變老的過程。儘管延長時日，但生命仍會與死亡愈走愈近。

對我而言，我的人生一向都與死亡為伍。那些年我帶著紐約警察的警徽行走江湖，唯一全神貫注的事情便是生與死。

警察的工作改變了我的世界觀，通常都是如此，從你穿上藍色制服的那一天起，一切就都不同了。幾年前我聽聞「道德相對主義」（譯註：moral relativism，意指所有的道德都是相對的，價值也是主觀化與個體化的，因此人們可以信奉不同的道德理想，選擇不同的道德價值，並信奉不同的道德規範）這個用語，激起我的好奇心去查這個名詞。在一齣法國戲劇裡，有個角色在得知自己終其一生說的話稱為散文時感到瞠目結舌，而我呢，就算對於所讀到的文字沒有同等的驚詫，也和他的感受相去不遠了。

道德相對主義者？是說我嗎？

搞錯了吧？

我不知道警察是否全都成了道德相對主義者，事實上，我就認識很多對於對錯規則明確、作風強硬的警察。然而我們之中還是有許多人的道德視角從清晰到模糊，也知道並非所有的犯罪都需要嚴懲，並非所有規則都得嚴厲執行，還有事情的對與錯端視你的身分和立場為何。

謀殺除外。

因為就我而言，殺人是另一回事，我一直以來都這麼認為。我唯一看重的就是謀殺案件。傳統的智慧根本是胡謅，人們還是會逃過謀殺案的制裁，而這總是令我心煩。

其餘的罪行則是城市生活起伏的一部分，我想鄉村生活也是如此。有些犯罪並沒有受害者，像是賣淫、賭博和在禁令時間賣酒，而且這些活動會讓那些假裝視而不見的警察有獲利的可能性。這個社會總有無止盡的非暴力盜竊與欺詐行為，這些事情有多讓你煩心，取決於你對於法律與秩序的承諾。

諸如此類的事還很多。

然而謀殺是另一回事，取人性命和奪走別人的自由或錢包是截然不同的。

這項原則造就了我是誰，如果我稱之為原則的話。我看世界的角度和我在這世界的角色每天都在改變。多年前，阿姆斯壯酒吧的女服務生問我出生日期後說我是處女座，這對我來說並非新鮮事，我的星座正是四個變動星座的其中一個。那是什麼意思呢？意思是我容易改變、適應力強而且靈活可變通，還有我隨時準備好迎接新事物，她是這麼解釋的。她似乎也是如此。

我忘了她的名字，不過我會想起來的。

這不打緊。我有時看許多事情的角度會不同，像是政治和宗教這些小事，噢對了，還有占星術。

不過，你知道，當那個拿著寬斧頭的男子登上舞台時，變動就會停止。這個說法和形象來自於米基，他是這麼想像死神的，我猜他是從猙獰的收割者和他的長柄大鐮刀得來的靈感。

如果他不是在舞台上，那麼他就是有著一雙翅膀，等待自己登場的暗號到來。這個混帳東西絕對不會離得太遠。

我想我只是據實以告，畢竟我失去父親時還是青少年，而且滿二十歲後不久母親也跟著走了。甚至在父母過世之前，我就是這麼看待死亡的。

在桑尼賽德花園的那場儀式期間，與在酒吧裡喝酒時：「你弟弟死後，你母親就像變了一個人。」

在格里森街，我們肩並肩站在闔上的棺木前：「失去你弟弟之後，你父親就變得和以往不同了。」

那麼年幼的馬修呢？我從來沒見過喬瑟夫．耶利米．史卡德，從未與他共處一室，甚至是待在同一棟建築裡。他只在我的生命中來去幾天，而我對此毫無印象。

然而我一定是知道的，不是嗎？我是指事發當下。我那時三歲，看在老天的份上，清醒的時候肯定是有意識和知覺的。如我先前所說，他們在醫院時我在佩姬舅媽家，她和華特舅舅必定會談論發生了什麼事，即使是悄悄地說。早先我被告知有個弟弟誕生了，是不是很棒啊，然後等到一切變得不棒了，周圍充斥著淚水與惋惜，我勢必也會注意到這個變化。

有一段時間他們不確定母親能不能撐下去，似乎有很大的可能性是她會跟寶貝兒子一起離世。這種事情怎麼可能瞞得過一個三歲小孩？天殺的就連一株家用植物都瞞不過了。

所以當然我會知情。當時的我會怎麼做，又是怎麼想這件事的，又有誰知道呢？但我一定知道這件事，只是可能它很快就從記憶的魔法板（譯註：Magic Slate，為供兒童用來繪畫和書寫的工具或玩具）消失了。

「小馬修的弟弟死後，小馬修就變了一個人似的。」

從來沒有人說過這句話，而我也不知道這是不是事實。但你知道，這也不是不可能的事。

∞

安葬母親後，我做的第一件事就是回鐵路快遞公司工作。那裡的老闆向我致歉，因為他們已經找到人取代我的職位，不過說一有空缺就會通知我。他有我的電話，但我可能還是三不五時向他確認一下比較好。

後來他從沒打給我，我也沒打給他，因為我突然意識到，如果只需要養活我自己，我並不需要兼兩份工，而且我還可以把住處退租，換一間比較小的公寓。

不過這件事不急，這裡的租金很合理，而且如果這間公寓裡還有種病房的氛圍，那就表示這裡也保有著熟悉的好處。我很熟悉這個街區，酒吧和咖啡店、到哪裡洗衣服和在哪裡買報紙。搬到幾個街區外，我就得重新學習這些事情了。

說到學習，哈利．齊格勒認為我應該學習一項技能。他經營了一個非工會團隊，不過他自己擁有兩種工匠技能協會的認證，水電工和泥水匠。如果這個團隊解散，或者不再有工作上門時，他就能受雇於別處，得到工會支付的薪水，一直到他開始請領工會退休金為止。

粉刷牆面是個美麗的技能，他這麼告訴我，而且你一般遇到的粉刷工都是再好不過的人了。不過上一次有人在新建案裡使用板條灰泥壁是什麼時候？現在全都用石膏板了，雖然還是會看到有些招牌督促人們「讓紐約的牆面粉刷平整」，但這仍是個沒前途的行業。

「不過水電工會很有搞頭，馬修，只要你、我和其他人都有時間刮刮鬍子、沖沖澡，水電工就有飯吃。在他們發明某種可以取代水的東西之前，你都會需要協助人們讓水往某一個方向流，而非反方向。你是個水電工，所以電話可能會在大半夜響起，而泥水匠就不用面對這個問題。當一天的工作結束後，你會花很多時間洗手，不過一旦你成為工會的水電工，就不會有一餐沒一餐的。除非……」他拍了拍自己的肚子，說：「除非你有個要你減肥的太太。」

無論有沒有加入工會，我都說不上來當個水電工的浪漫情懷是否有打動我，不過他的話確實很有道理。我的背骨強壯，擁有高中文憑，但這兩項條件無法讓我成就什麼特別的事。哈利認為他可以找人收我為徒，等我學成之後，這輩子都不愁沒工作了。

這是最不費力氣的人生道路，而且我可以想像自己做這件事的樣子，就如同我發現自己仍然住在母親過世的這間房子裡。

要是我真的做了這行呢？誰知道未來可能會如何，或者我可能會過著什麼樣的生活。不過有一件事是確定的，那就是我認為自己不會寫下關於做這行的種種。但我剛才用谷歌搜尋「水電工回憶錄」，發現用水管扳手換鍵盤的人比我想像要多。

這都無關緊要了。母親過世的六個月後，我坐在紐約東二十街滿屋子男人中，參加紐約警察的招募考試。我期望自己通過，也真的通過了，並在一個月後於同一棟大樓報到，開始受訓。

也許是命中注定，如果真有命運這回事的話，不過也可能不是。罪犯通常會有較深的家族淵源，許多警察也都是警察之子，但我的兩邊家族中都沒有執法人員。（就我所知也沒有罪犯。）我猜人的命運在有幫手相助時會更順遂，我的命運則是在父親的喪禮上得到協助。

8

理所當然，整個家族都來了，而且大家都說著近乎相同的話。他還這麼年輕，這很令人震驚，世事難料，不是嗎？這麼好的一個人卻是命運乖舛，英年早逝。

諸如此類的話，大部分都能預料得到，還有那些不是親戚的人，其中大部分我都不認識，他們說的話也都大同小異。有些人跟我說他們的身分，所以我知道他們與父親共事過，或者曾在酒吧的高腳椅附近和父親分享故事。

「你的父親很為你驕傲。」

我很常聽到這句話，不過這感覺起來好像電影原聲帶的一部分。男子死了，他的身軀被一輛地鐵車廂駛過，這是他的孩子，你要對他說什麼？「你的父親非常為你驕傲。」

在過程中，一位約莫和父親年紀相仿的男子獨自走向我，說他名叫史丹・科斯基。我記得他穿著一套深色西裝，在人群中並不特別，不過家裡頭很溫暖，多數男人都已經摘下領帶，或者至少把領帶拉鬆了。

但他沒有。他說：「你是馬修吧，我們沒見過，不過大概一年多前，我看過你和你爸爸在一起，在聖尼古拉斯。」

位於西六十街附近的聖尼古拉斯競技場，在一九六〇年代初期關閉，不過在那之前的半個世紀都是拳擊賽的舉辦場所。我和父親只去過那裡一次，其他有些對戰陣容是在皇后區的桑尼賽德看的。

「我當時在值班。」他說。「不然我會過去打聲招呼。我和查爾斯不是那麼熟，不過我喜歡他。」

我記得主要賽事那些拳擊手的名字，於是抓緊這個話題繼續聊。史丹問我最喜歡的運動是不是拳擊，我說我喜歡拳擊，也喜歡棒球和美式足球，不過不會打。我說我對運動不是很在行。

我有沒有打過拳擊？

呃，沒有。

我記得當時他上下打量我，我一直以為這只是一種說法，但他真的這麼做，上下打量我。他說我可能會喜歡拳擊，也聊到警察運動聯盟，說這完全不需要費用，而且訓練是維持身材的好方法。

我們又聊了一會兒。當天很多人和我談話，但這才是真正的對話。

他給了我一張紙條，上面寫著他的名字和電話，我以為我可能會打電話給他，不過我當然沒有。後來有一天晚上，母親接到一通電話說是找我的，這是有史以來第一次有我的電話。電話那頭是史丹·科斯基，他提醒我他是誰，不過我當然記得他，也記得我們曾有的談話。

我想他是在對的時機找上我。一、兩天後，我前往教會學校的體育館，史丹一週會花十或十二小時在那裡自願教高中學生跳繩和打沙袋。

事實證明他是對的，我喜歡拳擊。

有些小孩我只在那裡看過一次，有些則把這當做日常活動。我一週去那裡一、兩次，並且告訴自己要更常去，但似乎從沒能做到。跳繩也許對我的身體有益，不過我不太喜歡。打速球一開始挺難的，我想對大家來說都是如此，不過經過練習後進步了一些。

我最喜歡的還是沙袋。我會把雙手纏上布綁帶，再套上紅色艾華朗拳擊手套後開始擊打沙袋。我學習如何出拳，使出一記刺拳，也會擊出勾拳或直拳。

「馬修，不要用手臂的力量擊打，要從肩膀發力，而且帶動整個身體的力量出拳。」

我學會怎麼做了。打沙袋可以讓人心無旁騖，因為沙袋能承受的遠遠超越我的拳力，而且在我放下雙手、確認當天到此為止時，它甚至連氣都沒喘一下。像這樣用拳頭猛力擊打沙袋實在很累人，不過我的身體有所回應，這項運動不僅鍛練到我的手臂、胸部和肩膀，我的腹部也練得很結實（那年代還沒有人稱之為核心肌群），下半身也是。

我不知道當時是否有察覺到，不過我想這件事也改變了我對自己和周遭世界的觀感。我的父親過世了，然而他留給我的，是義務與減少期待。我不知道這對我的影響有多大，不過我明確感受，每次擊打沙袋之後我總會覺得好過點。

有時如果有時間，史丹會戴上拳擊手套，接住我擊出的拳，我很喜歡這樣。有時他會讓我們兩個組成一隊，做點輕鬆的對打練習，我們會戴上護齒和頭部護具。我在聖瑪格麗特中學從沒看過任何像傑克．登普西（譯註：Jack Dempsey，是一名美國職業拳擊手，以行動積極、帶有殺傷力的拳風聞名）這樣的人，也沒有人會展現出太多殺手本色。

不過我不算太喜歡做對打練習，我不喜歡挨打，出拳未擊中目標時也會讓我覺得很笨拙，而且我記得有一次朝對方身體攻擊，看到對手痛到皺眉時，我的成就感頓然消失。我並未打他打得那麼用力，通常會把那股力量用在沙袋上，不過當時我擊中了他的心窩，我猜他也感覺到了。

有個男孩是次中量級拳擊手，他看來前途無量，於是史丹把他引薦到符合資格的健身場館，他可以在那裡努力取得金手套，我們其餘的人則是在此好好運動，培養出一些基本技能。今年的主要活動是與一個類似警察運動聯盟的團體舉辦八到十場拳擊賽，他們是在伍德賽德麋鹿俱樂部進行訓練。

原本他們期望我參加，不過比賽時間是在學期結束後，屆時我已經不會再去聖瑪格麗特中學，而當起全職的建築工人了。我告訴史丹秋天再見，當時我可能是認真的，但卻從未再見到他了。

∞

「每天寫點東西吧，在你的書桌前坐下來，早上一起床是最佳時機，就寫出一個句子，然後看它會引領你到什麼地方。

「還有別回頭去讀你寫的東西，只要一直寫下去就對了。等你寫完，你會有足夠的時間回頭讀的。」

我的寫作方針，而我也了解這麼做的重要性。

昨天早上我給自己倒了一杯咖啡，然後坐在書桌前。我望著螢幕好一陣子，寫下一句話之後將它刪除，接著再寫一句話，改了幾個字之後又刪掉。

我想起做為巡警和當上警探後打報告的時候，在當時，要更改一個句子的唯一方式就是在打字機上放一張全新的紙，從頭寫起。現在做這件事要容易多了。

前一天寫的句子總會被我一一刪掉，而且我重寫不會超過兩、三遍，花費的時間也不超過十分鐘或二十分鐘。後來我滑到文件最頂端，看到「不太知道該從何開始」。這句話即使不是特別有說服力，但仍讓我覺得心有戚戚焉。於是我從那裡繼續讀下去。

有人建議過我別這麼做，不過我可不是那種凡事遵照指示行事的人。

我把文章全部看過一遍，讀完時我考慮要把那些字全部刪掉，或者把整個檔案拉到垃圾桶。這股衝動肯定是有的，不過我猜我心知肚明那並非我真正想做的事。

∞

南・海瑟威。

這就是她的名字，那位跟我說我是變動星座的女侍者。不過這不是她的本名，她的本名是波蘭語，放在劇院廣告牌上並不合適。她來到紐約是想當一名演員、歌手或舞者，我不確定她喜歡的是哪一個，只要能讓她這個新名字出現在鎂光燈下就好。如果要做夢，不如夢想自己能住在一個較舒服的地方，而不是西四十街附近、第九大道貧窮那一側的寄宿房？

在此同時，她白天時間安排上課和公開試鏡，晚上則在阿姆斯壯酒吧端盤子。

她的房間還可以，是在一棟破舊大樓裡的小房間，不過有自己的衛浴，還有個簡易爐子可以用來熱湯。她把房間收拾得很乾淨。

我們從來就不是情侶，更不是在談戀愛。那是我在阿姆斯壯酒吧早期的時光，當時我告別了婚姻和紐約警察的身分，剛開始摸索我猜可以稱之為「將我的專業天賦運用於私人領域上」的工作。阿姆斯壯酒吧就在我下榻的旅館街角，因此成為我的客廳和辦公室，我多半在這裡享用餐點，還有酒。

我已經說得太多了，不過還是把這段思緒寫完了，或者該說是一連串的思緒。

我和南交情很好，我喜歡她的長相，而我猜她也覺得我長得還可以。有一晚我們交換了眼神，這已經不是第一次了。在第九大道外面，我說我會走路送她回家，於是我們肩並肩一起走。

我曾經在什麼地方讀到過，有兩件事是你不該寫進回憶錄的，一是你賺多少錢，二是你和誰上床。很遺憾地，這正是人們最感興趣的兩個主題。當我告訴你普爾斯坦藥局支付我多少薪水時，我就已經打破第一項規則了，不過我不想再寫更多關於錢的事情。我從來就不太在意金錢，那樣正好，因為我一向都不需要把太多錢帶回家。

當我寫出在帕克徹斯特區敲雪莉家的門導致後續發展時，我也打破了第二項規則。而且現在我和南對於今晚會如何收場有不言而明的共識，我不必詢問是否要和她一起上樓，接下來也彷彿是我們曾這麼做過一樣。

我們的確曾經，只是對象並非彼此。

我想我們一起共度了六次時光，其中只有一次堪稱是約會。有人給了她兩張門票觀賞某個表演工作坊演出費倫茨・莫納爾的喜劇《演戲是唯一的手段》（*The Play's the Thing*），她問我想不想陪她去。看完劇後我帶她去吃晚餐，聽她發表對這齣戲的半職業高見。那間餐廳叫布列塔尼之夜，現在早已不在了，我們簡單吃點東西，喝葡萄酒配上小杯白蘭地。

不對，不是白蘭地，是香甜酒，事實上是蜂蜜香甜酒。

這很有趣，或者該說不有趣，就是我幾乎都會記得喝過什麼酒。

我們最後來到她家，那間位於五十三街和第九大道路口的餐廳就在回家的半路上。只有一次我帶她回我下榻的旅館，而且那次是她的提議。

真的是她堅持的。我當時在阿姆斯壯酒吧，她那晚休假。如果我坐在自己固定的位子，那我可能會看見她走過來，不過那天我背對著門，沒有注意到她，直到她站在我身邊，揮揮手示意走近的酒保離開。

她叫了我的名字，就這樣。「馬修。」她說，不過她通常都叫我麥特。我試著解讀她臉上的神情，然後從高腳椅起身，此時她已經朝門口走去。

到了外面，她詢問可否到我的住處。我們去了，而且不需多言。旅館櫃檯人員專業而不表露感情，從他的臉上幾乎看不見情緒。他經常服用含可待因的咳嗽糖漿，我猜那對他而言很有用，因為我好像沒聽過他咳嗽。

我的房間夠整潔，不過之前可能雜亂不堪，而我想她完全不會注意到。當我關上門，把門鎖上時，她嘆了一口氣，彷彿允許自己可以全然放鬆心情。

她說：「你可以就和我做愛就好嗎？我們能不能讓一切都消失？」

有時那就是重點所在。有時這就像威士忌，不是花束或香氣，不是濃郁的琥珀色，也不是生的月光酒會有的那股灼熱感，或是優質單一麥芽威士忌的複雜泥炭味。有時這所有元素提供的，是確保療癒很可能奏效，酒精會像溶劑那般發揮效用，將此刻糟糕的尖銳邊緣磨得平順圓滑。

確保它，無論是酒精還是另一個人，都會讓一切惱人的事物消失無蹤。

我很喜歡她，喜歡到足以讓我想為她斟這杯酒的程度，她的魅力也足以讓我甘願淪為她的情慾工具人，倘若這一切不是出於愛的話。有一段時間我們無法滿足對方的需求，不過後來我們可以，而且也這麼做了。

我可能睡著了，不過只有短短幾分鐘，當我張開眼睛時，她已經站起來收拾衣物了。我說我送她回家，她說我很貼心，不過別傻了，現在時間還很早，她可以自己叫計程車。我沒再堅持，而且等我的眼皮闔上，我也沒再費力睜開。

於是那次就告一段落，過一兩天後，我們又恢復成和善的女侍和常客的身分，和以往的組合一樣。我手邊有個案子，別問我是哪一樁，案情陷入膠著，耗費我更多時間和注意力。在此同時，南也在和別人交往，很可能此人的行為——冷酷或疏遠，或者不管是什麼情況——都令她心煩意亂到上了我的床。

我們又共度一次時光，她值班結束後買了一杯紅酒，拿到我的桌上坐下來，啜飲一、兩口。接著她說她認為自己欠我一個道歉。為什麼道歉？因為利用我，她說。我向她保證我覺得很開心，從來就不會覺得被胡亂利用了。

「儘管如此我還是要道歉。」她說完咯咯地笑了。什麼事情那麼好笑？「我是在想，」她說。「我把你當人造陰莖一樣使用。」

「我有過更糟的稱呼。」我說。

接著我們繼續聊天，氣氛輕鬆自然。我喝完我的酒，她也喝完她的，然後我們一起踏出酒吧，前往市區。早先下過雨了，現在仍有點毛毛細雨，不過不打緊。

「這會很有趣。」她說。

的確是如此。那次也是我們共度的最後一段時光，我想是我最後一次看到她。接下來的幾天，我花很多時間在皇后區的埃姆赫斯特，那裡有一間位於皇后大道的餐館，老闆相當確信他的一名收銀員聲稱自己是餐館非正式的合夥人。更複雜的情況是，我的這位客戶因為試著避免這類的事情發生而雇用親戚，但現在主要的嫌犯就是他太太的姪子。

我不記得細節了，更別說是名字。我有很多類似的案件，大部分都很容易解決，即使當事人不一定滿意結果。我想其中一個很可能就是這個案子，而且曾被寫進書裡。

總之這事無關緊要。我立刻就知道我男性的直覺是對的，動機可能是吸食海洛因的毒癮或是賭債，我記不得是哪一個了。我做了該做的事，拿到錢後回到曼哈頓，回到阿姆斯壯酒吧。

沒看到南，我問了酒保她在不在，但他只知道南已經離職，但不清楚原因。另外有人知道她離職的原因，說她試鏡上了，於是連忙加入巡迴劇團的演出。

像那樣的表演通常不會維持很久，我以為她會回來，也許她的確回來了，或許她在別處當服務生，又或者她賺飽荷包回家後找到更好的住處，像是在雀兒喜的公寓套房，那比在「地獄廚房」（譯註：Hell's Kitchen，也稱為「柯林頓區」（Clinton），為美國紐約曼哈頓中城與西城的社區，由於鄰近百老匯劇院與演員培訓學校，因此許多正在學習階段的男女演員聚居於此）的蟑螂屋好多了。

在紐約變換居所街區會使你的人生大不同，你得找到新的洗衣和乾洗店，還有新的披薩攤販和中式餐館。

新的地方喝酒，新的炮友。

頗有趣的。那一晚正如她所預料，我們在床上翻雲覆雨好不快活，她說我可以留下來過夜。我不記得她之前提供過這樣的邀請，不過我還是一如往常，穿上衣服後走路回家。

當時雨停了，不過人行道還濕漉漉的，空氣比往常更清新，彷彿被雨水淨化過一樣。我覺得很愉快，而且發現自己在想著南，思忖我們之間是否真的有些什麼。

也許沒有。

我從沒看過她的名字出現在招牌燈光下，印刷品上也沒有。如果就像大多數懷抱著夢想的女演員，她過著比較沒那麼光鮮亮麗的人生，那麼也許她會使用原本那個較不光鮮亮麗的名字吧。

我可能可以找到她，而且不需要離開我的辦公桌就辦得到，那就是現在多數私家偵探辦案的方式。你不需「移動你的屁股」就能「上前敲門」，而且專業人士能夠取用訂閱的數據資料庫，這又讓事情變得很容易。

不過為什麼要這麼做？

∞

我怎麼會離題離得那麼遠？

這是我今天早上收到的電子郵件，回應我昨晚寫的內容：

∞

「看在老天的份上，就算敘述不連貫又如何？就讓它自然發展吧。順序不重要，這又不是一篇病例報告，只是把你想到的事情寫下來，你不需要擔心從水龍頭流出了什麼，你要做的就只是讓水流動。所以別停下來，也不要回頭。等你完成之後，我們可以再來決定需不需要修改。

「我猜內容不怎麼需要修改，你是個出色的作家。這不就是你當初選擇走這條路的原因嗎？為了獲得知識與成就？你現在唯一需要做的，就是別擋自己的路。

「不，我並不想看你寫的內容，在完工之前都不看，不要寄給我。如果你寄了，我會直接刪掉。不要給任何人看，包括伊蓮。你也不要一直回頭看內容，你要相信這個過程，相信自己。

「你想做的就是當那隻魔手，我知道你記得那首詩。你只管埋首寫作，然後繼續向前……」

勞倫斯・卜洛克

∞

如此這般。

沒錯，我知道那首詩，是《魯拜集》〔譯註：*The Rubaiyat of Omar Khayyam*，是波斯詩人歐瑪爾・海亞姆（Omar

Khayyam）的四行詩集），我不需要用谷歌搜尋就能一字不漏寫出來，因為我們手邊就有一本。以下是提及的四行詩：

冥冥有手寫天書，
彩筆無情揮不已。
流盡人間淚幾千，
不能洗去半行字。〔譯註：此為中國知名翻譯家黃克孫所譯的版本〕

這叫人難以反駁。

∞

正當我思考衡量做為一位工會水電工的利與弊，以及它帶來的保障時，有件事讓我想起了史丹．科斯基。自從我離開聖瑪格麗特中學的體育館之後，就再也沒見過他了，而這些年來我想到他的片刻幾乎都一閃而逝。我在建築工地時可能會想到，我之所以擅長揮榔頭或搬運黏合劑，這都要歸功於我在沙袋上付出的時間。

訓練過程中，除了開口催促我積極出拳之外，史丹其實話不多。不過有一天我站在他身旁，一起看一個未來很有可能獲得金手套的新人擊打天地球，他忽然開始跟我聊起當警察的事，還有當警察有多棒。

「你早上醒來，知道你這一天會用來讓這座城市比沒有你的時候更美好一點。你走在街上，好人會很高興看到你，壞人則會希望早在你看到他們前先一步看到你。一旦開始做這份工作，你就能繼續做下去。雖然不會致富，不過也不會讓你餓肚子。你永遠不會想放棄這份工作，但就算那一天來到，還會有一份豐厚的退休金等著你呢。」

雖然不是全文照錄，不過意思相去不遠。

當我正考慮是否投入水電工生涯時，我突然又想起了史丹這段話。

∞

我到聖瑪格麗特中學找他，但不是一切都維持原樣，沒有任何人記得有個警察在學校體育館訓練過青少年拳擊手，更別說有人知道這個訓練可能移往何處。我在電話簿裡也找不到他，於是我想這大概是命中注定，正打算放棄時，又想到說不定可以去最近的轄區找他。

我留了言，一、兩天後我們就在一起喝啤酒了。警察運動聯盟計畫的負責人找到一個新場地，於是從聖瑪格麗特中學撤出。「我們來了一個孩子，他是有色人種，輕量級，天賦異稟，學習速度快。很棒的一個年輕人，原本可能成為拳擊手，不過對主管牧師而言他生錯膚色了。但那婊子養的不可能直截了當地說出來。『特質不正確。』他是這麼形容。這個計畫把不正確的特質帶到了學校，現在，當然我們可能可以改變計畫的特質（譯註：complexion 此字可表達「性質」、一般特徵」，亦可用來表示「膚色」，在此為語帶雙關的用法）——他在說話的同時不以為然地瞥了我一眼，刻意強調『特質』這個字。」

於是他們另闢蹊徑，不過等他們找到新場地時，史丹已經對這個計畫興趣缺缺了。我告訴他我這段時間發生的事，他得知母親過世後感到遺憾。我說有人要領我往水電事業發展，我們聊到這行業的優點，然後我說：「史丹，我之所以和你聯繫……」他立刻接著說：「你是在想也許甩警棍會比甩管鉗更有成就感，對嗎？」

我找到他是希望他能說服我加入警界，而他也確實這麼做了。他跟我說我該做什麼，還有該在何時何地做那些事。我很確定在我開始念警校之前，他就先打過電話告訴某人我是值得關注的對象。

後來必定又過了三、四個禮拜，我們聚在一起喝啤酒，他跟我說有一位教官說他覺得我是警局未來的希望。他輕描淡寫地帶過這句話，而且沒說是哪一位教官，不過這是個鼓勵，而且來得正是時候。我自己對當警察的想法似乎搖擺不定，從我找到了真正有意義的生活，到他媽的我究竟在這裡做什麼？

就某種意義來說，這樣的心理二部曲從不曾停止過——如果你想以病理學的角度來看，也許可以把它視為雙相情緒障礙。但就在我和史丹談過之後，我對未來就很篤定了。我是個警察，那是我的歸屬，而無論我對此有任何感想，都只是當下的感覺罷了。

多年後，在戒酒無名會上有人說：「感覺並非事實。」這句話我在戒酒會和其他場合聽過無數次，不過當我第一次聽到時，我有種似曾相識的感覺，彷彿那是我許久以前知道卻又遺忘的事情。

那一天我還得知了另一件事，那就是為什麼史丹會來參加父親的喪禮，並和我首度聊到拳擊的情感連結，父親有一次在他常去的酒吧裡和別的醉漢拳頭相向。那場鬥毆事件雖然沒人送醫，不過還是鬧到叫警察來，而史丹就是當時其中一名員警。

下一站原本該是中央拘禁處，不過史丹以前見過父親，而且從沒聽說他惹事生非。父親是這間酒吧的常客，過去沒有鬧事的記錄，而且是誰開啟口角並不清楚，也無法斷定兩人是為了什麼爭吵，所以史丹運用自己的判斷力，把父親安頓下來，倒了一杯咖啡給他之後送他回家。

在那之後，他們又偶然碰上幾次面。稱得上是朋友嗎？也許不是，不過至少有交情，讓史丹在父親的喪禮中現身。

某方面來說，你可以說是我父親飲酒而讓我轉往紐約警察這條路，雖然我自己又因酗酒問題離開警界。有時我會這麼看，不過對我而言，這一切似乎更像是命運。所有河流都會流往該去的方向，而正是地心引力決定了河的流向。

那聽起來比實際上還深奧。

不過不打緊。警校畢業時有個畢業典禮，家人通常會出席。我的父母過世了，其他親戚一個也沒出現。如果我有想到事先告知，或許有些人會出席，不過我沒說，所以他們也沒來。

史丹．科斯基來了。他在典禮結束後和我握手道賀，我們說些預料得到的話：「讓我好好瞧瞧，」「嘿，你穿藍色很好看。不要太快就讓這套制服蒙羞，好嗎？」接著他去和一位教官說話，我則是加入幾個同學，到萊辛頓大道轉角的酒吧喝酒去了。

在那之後我就沒見過史丹了。

我們聊過幾次，我打過電話給他，有一、兩次是向他尋求建議，不過也像是近況報告。我們說要聚一聚。紐約市警局和紐約市消防局每年都會來場六或八回合的拳擊賽。「警察和消防員互相揮拳，馬修，這件事不稀奇，不過每年總有一次他們是戴著拳擊手套這麼幹的。」

但我們從沒一起去過，而且還斷了聯繫，等我無意間聽到警局同事的部分談話時，我已是便衣警察了。他們說：「牧師常把史坦尼斯勞斯掛在嘴上，我從來不知道這是他的名字。我一直以為是史丹利。」

我問他們聊的是誰，結果想當然耳，那人就是史丹，而且其中一人一、兩天前去參加了他的喪禮。史丹當時自己在家，自從離婚後，他過去十年都是獨居。他是在清理槍枝時，槍不小心走火了。

如前所述，此事發生時我已經不用再穿制服，而且也比第一次穿上這身制服時有經驗許多，所以我知道他應該不是在清理槍枝，而是有些事情驅使他拿槍抵著自己的嘴，扣下了扳機。

我不知道他為什麼飲彈自盡，就連當事人自己恐怕也不知道？

如果我及時聽說了，我會出席他的喪禮，但這對我們雙方都不會有任何幫助了。

∞

我一開始穿上這身藍色新制服時，印象最深刻的就是我在公共場合有多麼不自在。穿上制服後感覺很不同，不過即使你慢慢習慣，身體也逐漸適應槍、手銬、警棍和口袋筆記本的重量，你還是得適應人們看你和盡量不朝你看的眼神。

很幸運的是，他們給我的制服已經算是相當合身的了，這不是常態，我有至少兩個同學找裁縫師做了一點修改。大部分的人都把現有的東西湊合著用，而就我的情況而言，這並不困難。

儘管穿上藍色新制服讓我感到不太自在，不過我對於自己穿上的樣子還挺滿意的。我會在衣櫃鏡子前面擺姿勢，欣賞自己在鏡中的身影。嗯，那是六十年前的事了。如果要為從前的自己感到難堪，那麼關起門來的自戀之舉應該是其中最微不足道的事了。

無庸置疑地，這身制服改變了市民看待我的方式，同時也改變了我看待他們的眼光。我不再為盯著別人看而感到抱歉，因為現在我的職責正是仔細觀察身邊的人，打量他們，和去理解正在發生的事，以及接下來可能發生的事。在我視線範圍內的任何人都可能倒下、需要我的幫助，或者掏出武器而需要我的及時反應。

等到一名新任的巡警習慣這身制服時，他多半都會期待早日擺脫它。但大部分的人未能如願，一直到他們申請文件，開始領養老金為止，而且就算晉升到高位大多也不例外。文書警司、警督和高階警官大多數執勤時間也都穿制服，唯一不同的是，警官制服上裝飾著幾道金色橫槓。

我的第一個職務是臨時的，在皇后區一個人手不足的轄區當替補。他們要我執行巡邏任務，還有擔任大材小用的學校交警，正當我剛要抓到訣竅時，我就被分發到布魯克林區的七十八分局，授予一個正式職務，和一位名叫文森・馬哈菲的老鳥巡警搭檔。

我這大半輩子都待在布朗克斯，另外就是皇后區，所以曼哈頓一帶輕輕鬆鬆就能搞清楚方向，尤其某些區域的街道是以編號來命名，要認路並不難，所以他們會把我發配到布魯克林來，一點不意外。

那就是文森隸屬的七十八分局，打從他到任，他們給了他警徽和配槍，他就在這裡服務了。我後來發現他就是我到公園坡任職的原因。因為有些警察顯然看到了我有某種特質，從史丹・科斯基開始，還有包括警校的一、兩位教官。

我想那種特質會讓我成為一個正派的警察。以及，比起巡邏和揮舞警棍，我可能還擁有別的潛能。

如果真是如此，那麼和資深警探馬哈菲搭檔，我的潛能有機會更快顯現出來。他會提供完整的在職教育，教導我一些教官在東二十街沒教給我的事。

我也會學到他們寧可學生永遠別碰觸的課程，不過那都是完整教育的一部分，不是嗎？

∞

文森曾經出現在幾本書裡，但直到我遞出辭呈、離開太太和孩子，並找到位於五十七街與第九大道交口旅館的住處，幾乎安於一個基本上並不穩定的生活之後，他的角色才開始出現。

不過後來我和文森幾乎斷了聯繫。當他們給了我金盾警徽，並把我派到西村查爾斯街上的第六分局時，我就離開他和公園坡了。（之後第六分局搬到幾個街區外的西十街一棟較新的大樓，不過那時候我已經不是警探了。而原本在查爾斯街的分局整個翻新，成了一棟高檔的公寓住宅，有了一個新名字「憲兵」（Le Gendarme）。）

所以文森並未參與我的後期警察生涯，不過在一些書中，我提過在我還是警察時的一些事件，而我知道他出現過幾次。他是個老鳥警察，對於自己周遭的世界以及身處其中的人們都有種陰暗的看法，而且有股不一定總是照教科書走的非法正義。

我想這也夠正義了吧。文森教會我規則，如果還有其他人在場時你該怎麼做的規則。

這是好久以前的事了，雖然我一向以記憶力自豪，不過近幾年來我有點記憶力退化，而且開始覺得它不可靠。有些事我已經想不起來了，雖然它們無庸置疑曾經發生過；還有些時候我發現我的記憶力滿靈活的，會做編輯還會改寫。

我記得第一次和文森見面的情況，以及他打量我的表情。他的臉上有懷疑，也有一定程度的鬆了一口氣——我站得很直、我沒有流口水，還有我的膚色對了。也許我會是個好搭檔，也許我會給他帶來好處。時間會證明一切。

一開始他給了我一次測試。我們當時已經開始值勤一、兩個小時，他把車開到路邊停下來，就停在兩個輪子在街上、兩個輪子開上人行道的小貨車後面。有兩名男子正在卸貨，人行道上堆了許多紙箱，而店主正拿著一個寫字夾板，一邊點收物品一邊打勾。

他抬頭看到穿警察制服的我們，認出文森後說：「我知道。」

「你當然知道。」文森說。「這整個街區都不能停車，再說你這台車一半在街上一半在人行道上，本身就是違規。而且還把半個人行道堆滿了紙箱。」

接著兩人繼續一來一往對話，有種形式上的感覺。我記得那是個社區型的家庭用品五金店，在當時就像現在的美甲沙龍或刺青店那樣普遍。店主說他無法控制貨物的運送時間，但他又必須讓架上有東西可賣，每個做生意的都知道，空空如也的推車是賺不了錢的。他的幫手遲到了，他又能怎麼辦，現在的年輕人吶，不過只要他一來，這些紙箱都會被搬進去，這樣就不會妨礙通行了。卸貨完成，卡車和送貨員立馬離開。一個人真的忙不過來。

文森告訴此人他並沒有錯，他百分之百沒錯，不過法律就是法律，法律規定卡車立馬就得開走，並開罰單，不然他又該怎麼辦？

男子雙手插進口袋，說他會盡快淨空人行道，貨車也會開走。文森說這很合理，兩個通情達理的人有機會開門見山談一談，事情通常都能解決。

於是他們握了手，我們回到巡邏車上，文森把車開離路緣後說：「你看，這就是重要的一課。這個事件毫無疑問是違規，你把貨車停在不該停的地方，擋住街道和人行道，而且還把箱子放得人行道到處都是，它們不可能五分鐘就消失。不過反過來說，一個正直的人只是努力想維持生計，開一間小小的雜貨店，算得上是社區的資產，那麼他該怎麼做？如果按照規矩，這趟送貨行程會被打斷，他的貨架上沒東西可賣，加上還得跑一趟市中心，支付不管多少錢的罰單。你懂我意思嗎？」

我說我了解。

「你是個警察，不樂見這種事情發生，可是你也不能若無其事地把車開過去。你必須停下來，必須溝通溝通，這雖然不會讓卡車或那些箱子憑空消失，但它們消失的速度還是會比我們不去關注而把車開走來得快。這樣說有道理嗎？」

很有道理，我說。

「這道理他們沒辦法在警校教。」他說。「不過這是眾所周知的事情。你得要知道規則是什麼，同時你也要知道什麼時候要把規則擺在一旁，運用你自己的判斷力。」

我們又談了一會兒，他繼續開著車，然後他把車停在路邊，關掉引擎。他從口袋裡拿出皮夾，遞給我一張十元鈔票。

我以為是要我去買些東西，不過我們停的位置就在一間水電用品店前面，而我在報考紐約警察時，就把這個原本可能的職業拋在腦後了。我很困惑，我的表情必定也如此顯現。

「我們握手的時候，」文森平靜地說。「他手上多了張二十元鈔票，這是你的份。」

∞

那就是我的測試。如果我表現出震驚的神情，或者開始批評，如果我拒絕了我的那份賄賂金，那麼他會想個方法掩蓋這件事。我了解文森，他很可能會把這件事當成玩笑話蒙混過去，根本就沒什麼店主給的二十元，他只是在試探我的本性，看看修女會不會為我驕傲。

（他知道我不是念天主學校，而且原本就不是天主教徒，不過他還是很喜歡講這句話。「噢，修女一定會為你驕傲！」）

而我可能會信也可能不信，不過接下來的一、兩個月，他會找機會擺脫我這個搭檔。他有自己的做事方式，而從這份工作中獲得的報酬絕對不是他收入的全部。這個二十元握手，以某種形式來說為他帶來飯桌上的食物，還有他孩子腳上的新鞋。他不受控於任何黑幫，也在乾淨和骯髒的工作中畫了一條模糊的界線，但他絕對無法和一個誠實正直的夥伴一起過他所選擇的生活。

我當下有這些想法嗎？我想是沒有。他的說法不是「慢慢來，好好想一想」。他說的是「這是你的份」。

我做的是接下那些錢，還有謝謝。

∞

我對這件事有何看法？

很難說。某個程度來說，以前的我是那種會讓文森擔心的正人君子，或者至少該說我曾經是如此。雖然在我發現艾迪·唐斯根本沒登門拜訪就自己填寫問卷時並不算震驚，不過我的確覺得這出乎我意料，而且我並不想仿效同樣的投機行為。

而且我在東二十街上課並不是希望他們教我怎麼占人便宜。我也許不是過度樂觀的那種人，但我還是覺得自己是良善的。我會用我的一生，或至少接下來的二、三十年，盡我的職責讓這座城市變得更好。我會幫助好人，將壞人繩之以法，這是我覺得比起防漏水和疏通排水管還更神聖的工作——雖然現在想起來，兩者似乎可以互為隱喻。

所以我做何感想？

事情就是這樣運作的。我收下幾分鐘前還不在我手上的十元鈔票，而遞給我這張鈔票的男子在我面前更放鬆了。在我對他有所了解的同時，他也更認識我一些。不過對我而言，與其說那天我對新搭檔有了進一步認識，倒不如說我更了解這份新工作了。事情就是這樣運作的，這就是一位店主設法維持生計的方式，同時這也是一位警察設法平衡衝突的現實。

倘若文森·馬哈菲在我收下錢之後對我更放心了，那麼這帶來兩個好處。一是我感受到連結，因為我們共同分享某個東西；二是我感覺到他教了我某樣東西，而且這絕對不是他教會我的最後一件事。

然而，你知道的，一點罪惡感肯定是有的，因為當我收下這些錢，就表示我打破了原則、做了違法的事，而這兩件事都不是我平常會有的行為。

等我們巡邏結束，文森寫下他的工作報告。那位店主和貨車占了一、兩句話的篇幅，敘述內容是說我們遇到某個零售企業在運貨時阻礙了交通，而後各方努力溝通，讓情況得以緩解。

很接近事實了。

之後我們從警局來到一間他喜歡的酒吧，店名裡有翡翠的，他請我第一輪酒，第二輪換我請他。若是現在，這樣差不多就把我的十元意外之財花光了，尤其又在公園坡，不過以前的物價比較便宜，包括酒類，而且貴族化之前的公園坡曾是個勞工階級社區，商品的售價也與之匹配。於是我拿回剩下的零錢，裝在口袋裡走出酒吧，因為在那種場合沒必要給酒保小費。在翡翠花園的吧台留下零錢，人們會以為你喝茫了。

兩杯酒讓我感到愉快，這不意外，而我原本可能還會留下來喝第三杯，不過我有個約會。

∞

她的名字是安妮塔．雷姆鮑爾，如果我沒有試著和她的一個朋友約會，我想我永遠不會遇見她。

我當時在警校，剛開始受訓沒幾週，當遇到休息時間，我和幾個受訓生來到街角位於第三大道上的咖啡店。我不記得當時和誰在一起，不過當我瞥到鄰近一桌有個我認識的女孩時，我就起身離開了。

應該說是女人才對，因為她是我在詹姆斯門羅中學的學妹，我記得我們一起上過一門課。生物？反正是其中一門科學課。我記得她叫做柯琳，不過可能不是這兩個字，她是游泳校隊，所以外號叫氯（譯註：柯琳（Corinne）和氯（Chlorine）的英文發音相近）。她似乎不以為意，幾乎沒有什麼事情能讓她生氣，她是個陽光女孩，而且長得很漂亮。

至少頗有姿色，足以吸引我帶著可樂走到她那一桌。她立刻想起我，邀請我坐下來，並跟我說她在這個社區工作，那晚在公司加班，我說我大部分的晚上都在警校裡度過。她根本不知道這個社區有警校，不過她認為我即將成為一名警察真是棒透了，而在我看來她才棒透了。我等到適當時機問她那週末想不想去看電影。

她聽了臉一沉，解釋為什麼自己無法赴約，她有個穩定交往的男友，事實上就快訂婚了。我很失望不過並不會太震驚，我說我相信他們會很幸福的，不過如果他們最終未成眷屬的話……

這句話引來的笑更加深了我的失望，不過她說她認識一個她認為我會喜歡的女孩，而且她百分之百確定對方會喜歡我。她叫做安妮塔，和她在同一間公司，座位只相隔兩個辦公桌，她很可愛，而且很幽默。

不過有一個問題。我還住在布朗克斯嗎？

「她不喜歡住布朗克斯的男生嗎？是因為口音嗎？」

柯琳解釋問題在於地理位置。安妮塔和她父母住在布魯克林郊區的本森赫斯特，每天早上她要轉好幾趟地鐵，花超過四十五分鐘才能到公司。而柯琳住在布朗克斯離我家不遠處，在安頓好工作後搬到位於東十八街上一間附家具的公寓，因為她之前的通勤狀況也好不到哪裡去。

「所以你在布朗克斯，而她在本森赫斯特……」

重點再明顯不過，我們會把時間全都花在交通上。

不過幫朋友作媒或甚至是幫泛泛之交介紹伴侶，顯然是人與生俱來的衝動。柯琳雖然留意到不便之處，但很快就想到解決之道了。柯琳說我和安妮塔可以約在曼哈頓的電影院見面，約在某個對我們兩人而言同樣方便或不便的地方，之後如果我們一拍即合，可以在附近的某間餐廳喝點或吃點東西，接著我可以送她去搭地鐵，然後再各自回家。這聽起來如何？

我說聽起來可行。

於是那週的星期六晚上，我在百老匯大道和四十四街口的標準劇院前面等她，我們看的電影很適合約會，由洛克．哈德森和桃樂絲．黛主演，現在會稱這種電影是愛情喜劇。我們在電話裡聊過，我告訴她我會穿著披風，手上拿著一只裝了金魚的透明塑膠袋。她向我保證自己很好認，畢竟不是很多女生剃平頭。

我們毫不費力就找到對方。她的頭髮是鮮明的棕色、紮著馬尾，還有美麗的鵝蛋臉。她個子算高，只比我矮幾吋。我們雖然不至於感覺像是一見如故，不過第一次見面我們都感到十分自在。我先買好電影票，進場前我也買了爆米花，接著我們找到位子、觀賞電影。

在那之後，我們在離劇院兩個街區的豪生酒店吃蛤蜊堡、喝冰茶。現在豪生酒店早就不在了，洛克和桃樂絲也已辭世，標準劇院也收了，而且在世紀之交由玩具反斗城接手，現在又是別的商店了。

沒有一件事是恆久不變的。

∞

我覺得很愉快，她也是，我們帶著複雜的心情走了六個街區到時代廣場地鐵站。照理說，我們應該計畫下次的約會行程，不過若說布魯克林和布朗克斯是南北兩極並不誇張。

我說要送她回家，她說這樣很貼心，不過別鬧了，她坐地鐵不會有問題，而且她的街區很安全又明亮。不過我還是陪她走到月台，然後才離開去搭我的車。

我說我會打電話給她，不過大家都會這麼說，不是嗎？

接著過了一週左右，我在上課途中遇見柯琳。她說安妮塔上次玩得很開心，也稱讚我既聰明又帥氣。「雖然我必須說，以前我還真沒注意到。」她說。

柯琳似乎嫁給了那位虛擬未婚夫，不過我從未得知她的婚姻是否幸福，也沒聽聞她後來的情況。我只能希望無論結婚或單身，她都能在業務工作上闖出一片天，因為她有天賦。我們在警校前面的人行道上簡短聊了一會兒，隔天我就打電話給安妮塔，問她在本森赫斯特有沒有我們可以做的有趣事情。不過你要怎麼過來？

當然是搭地鐵，如果從布朗克斯搭車，正如我在兩天後的晚上做的事，那麼我至少得轉一次車。我們約在她家附近的電影院見面，我因為考慮到交通時間而提早抵達了。距離電影院兩戶之外有一間酒吧，我當時雖然很想喝杯啤酒，但我並未這麼做，而是想起我在二十街的課堂上聽到的，於是我在街上四處行走，彷彿自己正在巡邏，判斷事情，用眼睛去理解周遭發生的一切。

有一件事尤吉．貝拉可能沒說過，那就是單憑觀察，你就能獲知許多，而我正在測試這件事，我的腦海中上演了一場無聲的獨白。那孩子看起來和這個社區格格不入，他在找什麼？為什麼那個女人一直看手錶？老人走起路來很謹慎，每一步都踏得非常小心。身體虛弱？或者他正努力不讓人看出自己有多醉？

然後是：老天，那女孩真漂亮。也許是在那個想法出現的半秒後，我才意識到那女孩正是安妮塔。她的眼睛在掃視街道，因為她在找我。

那部電影還可以，街角的披薩店也不錯。我們兩人都吃了一片披薩配一瓶可樂，聊著聊著又點了第二輪。我們的對話內容很輕鬆，不會因為有太多重點而顯得沉重。高中、結婚的朋友、最喜歡的電視節目等等，都是在電話中也能聊的事。我說披薩很好吃，她回說要找好吃的披薩，問像她這樣的義大利女孩準沒錯。

噢？雷姆鮑爾？

她父親是德國人，母親是義大利人。她還故意把義大利人唸成愛大利人。

「理想的組合。」我說。「我們的傳統盟友。我希望你還有個日本阿姨。」

這笑話可能非常冷，我講到一半就有這種感覺。不過她的反應是大笑出聲，而且大笑之後，我們看彼此的眼神都不同了。她喜歡聽我說話，喜歡我的想法和我的聲音，而我喜歡看她笑。

多年後，某個樂觀主義者在西歐榭開了一間壽司店，我們去那裡吃晚餐。時間就在我們搬離布魯克林之後不久，那時壽司在紐約還算新鮮食物，雖然我猜在加州人們早已習以為常了。我在劇院區吃過幾次壽司，就在距離中城北幾個街區的地方。一如往常我戲謔地說：「嘿，這是餐廳還是魚餌店啊？」不過我發現自己很喜歡，就像大多數人一樣。

不過這是安妮塔第一次吃生魚，我不確定她會不會喜歡，當她說喜歡時我才鬆了一口氣。「你期望我說什麼呢？」她說。「別告訴我你忘了我那日本阿姨的事。」

那時當然感情已生變。

∞

九個字。那時當然感情已生變。九個字以這個特殊的順序打出來，然後刪掉再重打。有逗號，沒有逗號。刪除、重新措辭、復原等等。

∞

九個字。按下儲存鍵，把Word關掉，電腦關機，今天早上打開電腦後它們還在，一如以往。

我不想寫安妮塔的事。她死了，二十年前死的。我去參加了喪禮，跟在其他開往墓園的車輛後頭，從遠處看著他們將她下葬。夫妻十年，這十年間並非全是不好的情況，但後來變成壞多於好。我們分開、離婚後，她繼續住在西歐樹養育兩個兒子，謹慎利用我設法寄給她的錢過活。她後來遇見葛拉漢．希爾並嫁給他，對她而言，他是比我稱職太多的丈夫，直到有一天她心臟病發，離世了，我坐在停在長島墓園旁的車裡，望著他們將她的棺材降到地平面之下。

「你必須往前走，我無法往前走，我會往前走。」

當然這出自貝克特〔譯註：薩謬爾．貝克特（Samuel Beckett）為愛爾蘭知名作家，擅長各種文學體裁，如詩歌、小說和戲劇〕，這是大家都熟知的名句，只不過我得查一下，確認有寫對。

他從未說過為什麼。

8

回來說本森赫斯特，我們吃完披薩後，我和她一起走了八或十個街區到她家。她的父親擁有一棟三層樓的排屋，與太太以及四個小孩住在一樓，並將他的母親和一位未婚的妹妹安排住在二樓，還有一位年邁的義大利寡婦租了頂樓。

房子最近才重新粉刷過，我得知喬治．雷姆鮑爾先生都是自己動手油漆，一年漆一次。他悉心照顧自己的房產，這點我一眼就能看出來。

我們走向她家的沿途輕鬆地聊著，不過大概在最後一個街區就沒話聊了，只能說些：「馬修，我玩得很愉快。」和「我也是。」接下來稍微有點尷尬，她吻了我一下，有點敷衍的吻。

如果她獨居，我想她會邀我進門。

但她沒有，就只是進了家門，於是我走半英里到地鐵站，再花兩個小時回到布朗克斯。大約前半小時，我還沉浸在這十分享受的夜晚餘韻之中，接著當我面對現實，那就是我可能永遠不會再和她見面，這股餘韻便消散了，因為這麼做有何意義？她和我的距離雖然不是那麼遙遠，不過說到布魯克林和布朗克斯之間的距離，就是兩回事了。

而後他們給了我警徽和配槍，還把我困在皇后區的中村，那裡幾乎就和本森赫斯特一樣偏遠，而且儘管我知道這只是暫時的，我的下一個服務點可能是紐約市五個行政區的任何一處，我還是立刻找個走路就能上班、附家具的房間。那裡一週花我十八美元，這在現在來說便宜得要命，在當時也不算貴。他們把我調到公園坡七十八分局時，我又在加菲爾德找到一個更好一些又不會貴太多的住處。

那個月底，我把鑰匙交還給我在布朗克斯租屋的房東，把所有想留下的東西塞進兩個行李箱裡，其餘全都捐給善意慈善商店。再會了布朗克斯，你好布魯克林，就在那週我打了一通電話。

「嗨，我是馬修。」我說。「馬修．史卡德。抱歉我之前沒打電話給你，前陣子很忙。我已經得到一套新的藍制服了，還有你絕對猜不到我現在住在哪裡。」

她應該親眼看一下吧。下班後她和我約在一間某人推薦的餐廳，我不記得我們吃了什麼，不過用餐時喝了一瓶酒。

在那之後，我說餐廳距離我的公寓只有幾個街區，問她想不想過去看看？

「我以為你說是附家具的房子。」

「是一間房間。」我說。「有提供家具，不過我的搭檔說這叫做公寓套房。他說一間附家具的房間聽起來像是在接受福利救濟。什麼事那麼好笑？」

「嗯，有點像。」

「除此之外，我還有自己的浴室。」我說。

「老天，我也好想要。可是我有兩個姐姐、一個弟弟，你的公寓套房聽起來像天堂。」

8

我們一週聚個一兩次，雖然沒有明說週六晚上要約會，不過後來變成一種習慣。除非有別的安排，否則週六晚上都會在一起，有時平日晚上也會見面。

我會到她家接她——沒過多久我就見過她的家人了，一次一個——或者我們會在附近的電影院或餐廳見面。有幾次我們一起開車到曼哈頓，有一次馬哈菲還把別人給他的百老匯表演《Enter Laughing》門票給了我們。我只記得這場表演很搞笑，而且觀眾在看現場演出時大笑的方式和看電影時不太一樣。

我們的夜晚總是在加菲爾德作結，有兩或三次是在那裡開始的。我輪完班時打電話給她，然後我們就在我的公寓碰面、直接上床，在那之後才買點東西吃。

在我搬到布魯克林之前，我想我過的是以我的年紀和身分來說很正常的生活。有些女生和我約會過夠多次，發生性行為也是自然的結果，而一旦走到了那一步，我們似乎就玩完了。有個比我大幾歲的女人我一直記在心上，她是一間酒吧的常客，那間酒吧就在距離我家兩個街區的地方。多年來，每次我聽見〈一元銀幣女王〉（*Queen of the Silver Dollar*）這首歌時，我都會想起她。我們共度了三個單純美妙的夜晚，不過最多就是如此，我們不會有未來。

所以安妮塔可以說是我的第一段戀情。我不知道那時我覺得我們究竟在做什麼，不過至少我們是一起的。

我猜我也是她的第一個對象。

但這還是得看你怎麼算法。她就讀新烏特勒支高中的高四時和一個同學穩定交往，她告訴過我那男孩的名字，不過我早就忘了。他們維持了很長一段時間的親熱接觸，令人挫折但刺激，要不是他們發現可以手交的話，他們可能早就性交了。手交讓他們發洩了一點性慾——至少是部分性慾——他們談過要真正上床，而且知道最後總會這麼做，但男孩後來上了石溪大學，此事便不了了之。有一次他回家過聖誕節或春節，總之是哪個節，他們相遇了，卻發現彼此無話可說。

我想這確實是一場戀愛，不過因為他們事實上並沒有做全套，所以可能會在記錄本上加一顆星號。

做全套。我的老天，什麼世界啊。

有一次，她確實做了，那是在柯琳幫我們作媒的前一年，而且那次根本連戀愛的邊都沒沾上。當時顯然卑鄙下流的行為，現在看來稱之為約會強暴都不誇張。有個素未謀面的男人在一場派對上勾搭她，當時她已經有點醉了，而那個人又灌了她幾杯酒之後，帶她到海灣大路旁的塞斯洛遊樂場，掀起她的裙子，脫下她的內褲。

諸如此類的事，她可能昏過去或斷片了，因為等過了大概一小時後，她醒了過來，知道可能發生了什麼事，但卻什麼都不記得了。

直到有一晚她在加菲爾德把這件事情告訴我之前，她從未對任何人提起過。她能告訴誰，而且能說什麼呢？一開始她很害怕那個人會害她懷孕，後來發現並沒有懷孕時，心裡的大石頭放下來了。等到她對這件事釋懷，她唯一想做的事就是把整件事忘得一乾二淨。她不知道那個人的名字或與他有關的任何事情，唯一知道的就是他是個混蛋。如果再看到他，她不確定自己是否能認出他，也希望永遠沒有機會知道。

我知道她不是處女，但聽到事情發生的經過後，我覺得自己是她生命中唯一的男人。那位男朋友不算數，因為他們最多只有手交，而那位約會強暴先生也不算，因為她在這件事上面沒什麼決定權。所以我確實是她的第一個男友，第一個也是唯一一個，知道這一點後，也許我們後來結婚就是更天經地義的事了。

有一段時間，我偶爾會幻想遇到那傢伙。我想像我們走在街上，安妮塔驚慌地緊抓住我的手臂說：「就是他！就是那個人！」

類似這樣的情況。

不過他從來不曾出現，而我沒過多久就把這個想像淡忘了。隨著時間過去，我對這起事件的看法改變過。起初我是這麼看的：他是個做了壞事的大壞蛋，無論我幻想他獲得什麼懲罰都是他罪有應得。

但是究竟他的行為和常人有什麼不同？「我看到機會，並把握住了。」一位坦慕尼協會（譯註：Tammany Hall，最初為美國的愛國慈善團體，而後成為紐約的政治機構與民主黨的遊說團體）的老政客曾這麼說，談的是他視為權利的貪污行為。而男人注意到一個喝茫了的女人，看看他有沒有機會並把握住，這至少算是一件很自然的事吧？

多年來，天知道和我上床的很多女人也是喝酒喝多了，雖然通常沒比我多。至少有一次，在我的婚姻結束後和我戒酒前的那幾年，我的伴侶喝到記憶一片空白，雖然在當時我不可能知道這件事，不過等她醒來，她承認並不知道我是誰，也不清楚我們做了什麼。

儘管如此，她似乎不太受創或甚至感到悔恨，她也沒有急著起身回到現實，事實上我們又繼續在床上躺了半小時，然後她說：「這樣一來我就記得一些東西了。」

那算是約會強暴嗎？

也許吧，我不知道，標準總是與時俱進。在幾世紀以前，包括實質肢體暴力的強暴行為通常被貼上英勇行為的標籤，尤其當那位勇者的社會地位比受害者高的時候。還有，人們可能會希望年輕男子謹慎控制這種行為，但男孩終究是男孩，不是嗎？她不是應該有自知之明，避免跟他獨處嗎？她到底在期望什麼呢？

時代不同。我在某處讀到，昏厥原本是女性的一個手段，為了讓自己能讓追求者得手，而且又不會表現得像個蕩婦。

∞

喬治・華盛頓・普朗基特，他就是坦慕尼協會那位看到機會並把握住的人。這男子的名字很難讓人忘記，難怪我又想起來了。

∞

再分享一個想法，然後我就能翻開新的一頁，不再談安妮塔的童貞與失去的過程了。時間是在多年後，當我們已經在西歐榭安頓好時，我納悶她說的是不是真話。因為她解釋自己失去貞操的方式可以為自己開脫。這麼說不是因為我需要一個解釋，也不是我可能會要求她給我一個說法。

但話說回來，她可能認為這是個收尾的方法，也許她不想說那位高中男友做的不只是手交的滿足，也許還存在過另一個她不想承認的傢伙。只要編造一個信奉機會主義的陌生人，剛好沒有名字，她從來沒見過、以後也永遠不會見面的人，這事輕而易舉。而其中的過程？嗯，她記不得了，而且極可能當時她毫無意識，所以這幾乎就像完全沒發生過一樣。

不過就姑且相信她吧。誰在乎她可能想掩蓋什麼真相，或者在我認識她之前，甚至是之後，她有過哪些沒說的冒險際遇？她並不完美，但做為伴侶，她比我這個丈夫稱職，扮演父母的角色也比我好太多了。

老天啊，這女人已經死了。

我不想再寫跟她有關的事了，我寧可多聊聊馬哈菲。

∞

文森・馬哈菲。

我寧可多聊聊馬哈菲。我是這麼寫的，但現在我想不出該如何起頭。跟他搭檔讓我學會怎麼當一名警察，真正的警察。警校教我的東西足以讓我夠資格穿上制服，而我在中村的臨時補缺任務又為我增添了一些做為警察的自信，不過在和文森合作前，我其實還不到位。

我從他身上學到的很多東西都可以從任何一位老鳥警察習得，像是如何看街景、如何解讀我在裡頭看到的景象、如何問問題，還有何時要耐心等候，沉默片刻後再做下一個回應，以及何時該採取壓迫手段，何時又該放手。

如何讀取你的直覺，和你該相信多少直覺。

這些在課堂或書裡都學不到，只能從工作中學習，而且如果你做這份工作的方式對了，那麼你自然而然就能學起來。不過他們指派哪個搭檔給你，會對於你所學到的事物以及學會了多少造成很大影響。

他第一件教我的事，是如何開車。我會開一點，因為在建築工地工作時，我有時負責把汽車或小卡車開到一個較適合停放的地點，或者去跑跑腿。就在我滿十六歲後不久，我甚至寫過申請表，拿到學習駕照，不過從來沒真正開過車。我沒上過課，無論正式或非正式的，而且手排車很有挑戰性，我可以把車從甲地開到乙地，不過不是很順暢。

我想起我父親曾有過的幾輛車，那是在鞋店經營不善之前的事，距離我來到駕駛年齡還有一段時間。既然我沒有要買車，那麼我需要駕照做什麼？當時我認為這是遲早會做的事，不過當下並不急。

我們開巡邏車的第一天是由文森駕駛，大概執勤一、兩小時後，我們停車買咖啡，再回到車旁時他把鑰匙扔給我。我用簡短的幾句話解釋我沒有駕照，也沒有真正開車上路的經驗。他想了想，說這不成問題，於是把鑰匙拿回去，開車繞了一下，直到無線電要我們去一個地方。

隔天早上他又把鑰匙丟給我，我正要開始說話時，他舉起手打斷我。我知道怎麼發動車子吧？也知道怎麼把車開離路緣？

不過我沒有駕照。我說。

「那就是違規了。」他說。「開車沒駕照，不過又有誰會把我們攔下來，要求看你的駕照？」

我發動引擎，把車開離路邊，朝街上行進。我在紅燈時踩煞車，等綠燈後又繼續行駛，在他說右轉時右轉，他說左轉時左轉。

「你會開車啦。」就在我們開了約莫十二條街之後，他對我這麼說。「你現在還不是很熟練，不過很快就會上手了。這就和這份工作的其他事情一樣，你開始在腦中理解的事，需要一些時間才會滲入你的骨子裡。過一、兩週我們再看看幫你弄個駕照。」

好。

「在這同時，試著不要撞到東西，尤其是修女。你要是在愛爾蘭社區撞到修女，有些蠢蛋會想看你的駕照。」

∞

我沒撞到任何東西，我想我確實會開車，就算還不是骨子裡會開，但腦子已經理解了。在這之前，我坐過夠多別人開的車，也注意過別人開車的方式，而且我猜尤吉對於這件事又說對了，我確實藉由觀察獲知很多事情。而且有文森在車上，雖然他感覺對於這件事很隨興，但他總會撥一部分的注意力看我開車的狀況，一旦我有做錯的地方，他都會告訴我。

不久後我在車輛管理局拿到一張新的學習駕照，所以只要我在車上放了駕照，我開車就不完全違法，雖然我很確定這仍違背了部門規範。過了幾週，有一天文森要我開車到海洋公園區，他在那裡認識一個較年長的男人專門幫人路考。我得到機會插隊應試，李歐坐到文森原本副駕駛座的位置，要我左轉、右轉，停到某一台特定的車旁邊，還有平行停在那台車後面。

諸如此類的，他手上拿著一個寫字夾板，不過我沒看到他瞄一眼夾板或寫筆記，而當我們把車開回原本的地方時，他告訴文森我做得很好。「這都要靠經驗。」他說。「而這位馬修先生有經驗，看得出來。我接觸的人裡面百分之九十幾都是高中生，我有個自己設立的準則，那就是所有第一次受試的孩子都不會通過。他不需要犯什麼錯，可能每件事情都做對了，可是依然缺乏經驗，所以就讓他和他爸爸再繼續練習幾遍吧，第二次他就會通過了。馬修，你已經考過筆試了，對吧？」

我不知道有筆試。

他拿了一張表格，夾在寫字夾板的最上方。「這給你，十題，答對六題就通過了。」

我沒念書，不過看一眼就知道這種考試不需要準備。我錯了一題，是關於煞車距離的，其他題的答案都顯而易見。我記得其中有一題是非題是：在公路的三線道中，中間線道是用來停車的。

我問李歐究竟有沒有人筆試沒過，他說：「你絕對想像不到的。」

我想文森算是種族主義者，不是像喬治・華萊士〔譯註：Geroge Wallace，為阿拉巴馬州律師、政治家及美國民主黨黨員，曾為阿拉巴馬州州長，年輕時為堅定的種族隔離主義者。於參與民主黨總統候選人黨內初選期間遇刺，從此半身不遂。晚年的喬治・華萊士有所覺悟，公開向非裔美國人道歉，並主動提名許多非裔美國人進入政壇，改革阿拉巴馬州的種族隔離政策〕那樣的種族主義者，也不是那種推崇白人至上的種族主義者。對文森・馬哈菲而言，有一條線劃分了人種，白人在線的一邊，其餘的人在另一邊。

值勤時他公平對待每個人，無論那人的膚色為何。如果兩個不同種族的人涉及同一件案子，而我們被叫到現場，他並不會不假思索就認為白人是對的。不過他會注意到兩人的不同之處，他總會看出來他們的差別，而且我可以確定和他接觸過的黑人必定也察覺到這一點。

如果他在多數是白人的社區看見一位黑人年輕男子，他會提高警覺。他會盯著這名男子，倘若有某件事觸發了他的警察直覺，他可能會採取下一步行動。你必須尊重這些本能，並根據它們採取行動，因為如果不這麼做，那麼你就無法勝任這份工作，然而像膚色這種東西會如何形塑某人的直覺，這可是不解之謎。

他是否曾說過黑鬼這個詞？

沒有，不過從警以來，我不認為我聽過警察說這個詞超過六次，而說的人都是喝醉酒和下了班的。警校嚴格遵守的一課，就是種族與民族詆毀不會出現在警察的字彙中。

這不足以改變你的態度和觀點，不過這會為你如何談論它們設定界線。

而且你一定看得出變通方式。我從不曾聽文森說黑鬼兩個字，但他很常用另一個詞替代。有一段話描述了兩名男子被目擊從酒品專賣店的搶案現場逃走：「結果是兩個挪威人（譯註：文森以「挪威人」（Norwegian）做為非裔美國人的代號）。還真是不意外。」

文森不是唯一一個用挪威人當做非裔美國人代號的警察。他最初是在灣脊區六十八分局，那裡是這座城市挪威人的聚居地，大多是在歐文頓大道附近。我肯定其中有些人喝醉了會打老婆，而且我也不懷疑有些人是重罪犯且會注射毒品，不過一般來說，他們是一群奉公守法的公民。所以把黑人罪犯比喻成挪威人是個避免讓自己聽起來像種族歧視者的方法，而且還很諷刺。

∞

我記得我們接過的一通電話，那時應該不是我們搭檔的前期，因為我們已經改穿便衣了。總統街上正發生一宗入室竊盜案，但那通電話並不完全正確，因為搶匪已經趁主人回家之前離開現場了，屋主回家後發現門半掩著。

屋主做了該做的事，亦即打電話報案，然後在屋外門廊等著，那是一棟三層樓高的木屋。他們的樣子和身分相襯，一對三十出頭、有專業工作的夫婦，利用空閒把一棟三戶的房子改建成獨門獨戶。他們倆都戴眼鏡，不過效果不同，男生看起來像書呆子，女生則像個性感的圖書館員。

男生說他們沒聽見裡面有任何聲響，所以他猜想小偷早就溜了，不過……

文森跟他說他這麼做是對的，於是我們經過他們身邊，拔槍走進去。那感覺很蠢，因為你已經知道屋子裡空無一人，但同時你也繃緊神經，因為萬一不是如此呢？

我們把三個樓層都確認過了，現在每次伊蓮在看居家樂活頻道上介紹房子的節目時，我都會想起這件事，因為那正巧是屋子翻新過程發生的。回到門廊上，我們告訴這對夫婦他們可以進去了，而且也許可以快速看一下什麼東西不見了。

「不太容易發現。」先生說。「這裡還在整修中，而且因為是我們自己動手，整修的進度很慢。有一天這裡會像是居家裝潢雜誌*House Beautiful*裡刊登的屋子，不過我們今早出門時，這裡還是一團亂。」

文森告訴他裡面沒什麼變動，不過他們何不去巡一下呢？他們照做時，我們在門廊等著，心想他們是不是有點不自量力。「想像這全部的事情都要自己做。」我說。「而且同時還得住在這裡。」

一位年長的男子在人行道上駐足，文森前去問他是否住在這個街區，也問他白天稍早是否有注意到什麼。像是什麼？像是有人站在門廊，或者試圖想開門。

「我只管我自己的事。」那傢伙說。「我對這些人的事情沒特別感興趣。」

那好。

屋主回來說就他們所知，被撬開的門是唯一有人意圖闖入的跡象。如果真有東西不見了，那他們也沒發現。文森說他們可以慢慢來，有空時送出一份入室盜竊的報告供申請保險用，不過這看起來很像是某個小孩或一群孩子想偷看屋子裡面長什麼樣子，然後一旦好奇心被滿足，他們就跑走了。

「無論如何，」文森說。「這不是職業竊賊所為。你和鄰居有什麼過節嗎？」

皺眉。「什麼樣的過節？」

「我不知道。有沒有人和你們說過話，或者讓你們沒有感受到敦親睦鄰的感覺？」

「為什麼會有那種情況？」

「嘿，沒有原因。」文森說。「遇到闖空門事件的時候我們可能會問些問題，沒什麼特別的。」

「只是例行公事。」

「沒錯。」

回到車上，文森說：「『為什麼會有那種情況？』老天啊，你的皮膚黑得像黑桃A，而太太是金髮碧眼，你們兩人剛搬進工人階級的白人社區，還把一些長居於此的居民趕走，好讓你們可以把三層樓都塞滿混種的黑人小孩。」

「還好你剛才沒這麼說。」

「有什麼差別？那就是他認為自己聽見的。」幾分鐘後，他說：「不知道我會不會有習慣的一天。」

「習慣易怒的人？」

「這我已經習慣了。身為警察，你遇見的每個人都很易怒。不是，我是說另一件事。」

我知道他的意思。也許我一直都知道。

「你會愈來愈常看到這種情況，不過不是在公園坡，不是在布魯克林的白人社區、格林威治村、時代廣場，任何演員和藝術家聚居之地。如果我在麥克道格街的某間嬉皮咖啡館遇到他們，我會像在總統街的門廊上那樣對待他們嗎？」

他自問自答。「也許不會，不過我還是會注意到他們，但比起五年前的關注已經少很多了。你愈常碰見，衝擊就愈小。就像生活中的其他事物一樣，就像天殺的甲蟲。」

我不懂他的話。瓢蟲？林哥・史達？（譯註：Ringo Starr，曾為披頭四樂團的鼓手，為出色的英國歌手、作曲人與音樂家）

「我是指福斯汽車（譯註：福斯汽車生產的金龜車款稱為Beetle，beetle也是英文「甲蟲」之意）。當有人開始開金龜車時，每次看到你都會行注目禮。現在你看待這種車，就和看到福特或雪佛蘭沒兩樣。它們變得到處都是，就只是風景的一部分。」

我說些關於福斯汽車和里程數的話題，接著我們又聊了一會兒車子，然後他說：「你怎麼看這起闖空門事件？」

「在沒有物品遺失的情況下，」我說。「我猜想會不會是他們出門時把門鎖弄壞了，不過門確實有被撬開的跡象。」

「有人帶了某種撬棍，還用了一點蠻力。我本來猜想是小孩，不過看來並非如此。這個人不知道怎麼用撬棍開鎖，但他知道如何把鎖撬開。」

「所以是鄰居？」

他點點頭。「不是小孩也不是專業人士，所以只剩下最後的選項。某個人不希望有黑人住在同一個街區，尤其妻子又是白人。我認為這次闖入是他想傳遞一則訊息。」

「那麼一來讓門虛掩就合理了。『不，你沒有忘記鎖門，你鎖上門而我打開了，而且我隨時都能這麼做。』」

「類似這樣的心態。你知道我是怎麼想的嗎？我認為他本來還想把這個地方砸個稀巴爛，不過他看一眼就知道根本無需這麼做。讓他們的生活悲慘的最佳方法就是讓一切維持原樣。」

「等他們總算完成……」

文森搖搖頭。「絕對不可能。他在上班，她也有工作，我不敢說這麼推測一定正確，不過我猜她有孩子了。她的肚子有點圓，看起來和她的身形很不搭。他們倆都在上班，而她懷孕了，總共蓋三層樓，全都一片狼藉，有多少工具要買，多少材料錢得付，何況時間又有限。沒錯，你不想跟他們當鄰居，那就不要干擾他們，讓房子幫你達成目的吧。」

「他們會放棄。」

「是你難道不會嗎？也許他們會盡力撐久一點，因為他想證明自己的能耐，但即使如此他還是會在房子完工之前放棄。馬修，你在寫這起事件的時候……」

「寫概要。」我說。

「對，而且不要提種族。有證據顯示一名或多名不明人士闖入。噢，也要寫住戶僅快速地瞥過，無法排除竊盜的可能性。以免最後如果真的有東西不見，或者他決定以這個方式提告。」

∞

我寫下這起事件的報告。在開始做這份工作不久，寫報告便成了我的工作。從他遞給我第一張十元鈔票起，他就在培養我做這件事了。他用兩隻食指敲打鍵盤，打出了報告後要我讀一遍。那是用合宜散文寫出的直白陳述，說明我們是在哪裡遇到貨車擋住人行道的情況，而我們又是如何對店主和送貨員做出糾正。

除了偶爾有怪異的措辭之外，這份報告唯一的缺失是省略了某件事。顯然報告裡沒提到關於二十美元的事，也沒說我們離開時現場還是維持原樣，任何補救措施都得等到相關人員方便時才能執行。

他問這份報告在我看來寫得還可以嗎？我說很好。

「重點是寫出什麼和不提起什麼。」他說。「你要陳述的是事實，它最好是。如果你不想提到一個人有一條狗，那就別提起。而如果你被問，就說你不認為這件事很重要。或者，怎麼說來著，有關聯。不過不管你怎麼做，你他媽的最好別說那是一隻貓。」

過了幾天，在一次相對平靜的值勤時間之後，他建議我試著寫報告。比起打字機，我比較會用說的（打字機需要換色帶），於是我回顧這天發生的事，寫下遇到什麼事以及我們如何反應。寫完後我又讀個一、兩遍，有個字我想改掉，不過那時還沒有電腦，所以我得重新打這一整頁。我決定先等一下，看看他還希望我修改哪些地方。

等他讀完時，他點點頭。「對，說得沒錯。」他說。

什麼？

「就說你是我成為便衣警察的門票吧。『這小子很能寫，讓他寫報告吧，然後在你回神之前，你就會在藍制服裡面裝樟腦丸了。』」

那表示寫得還可以嗎？

「這裡有一個字……」

正是我想改掉的那個字，他提出的異議我也有同感。我不記得那是什麼字，也忘了上下文，不過改了之後，讓一個句子不只是單純的敘述過程，而是能忠實呈現我們所見。

我說我知道哪裡有問題，還有該如何改正它。

「除了那個字之外，」他說。「這報告真是他媽的完美。他們說得對，你有天分。」

如果我覺得他說得有說服力的話，那我會更享受這個讚美。我說我所做的就只是把事情的經過寫出來。

「每個人都是如此，」他說。「或者嘗試這麼做，但十有八九他們的報告聽起來好像是文字在通過那些警察的大腦時被打亂了。你的寫法正如你說話的方式，我讀的時候就像聽你在跟我說話一樣。」

「這樣是好事嗎？因為這樣寫對我來說似乎比較容易。」

「容易，」他說完翻了個白眼。「那你就繼續保持囉，好嗎？然後開始存錢。」

為了什麼？

「西裝。」他說。「等你把制服用樟腦丸保存起來之後，你會需要三、四套西裝。」

8

當時我對他的稱讚抱持懷疑。我看得出來我報告的措辭比文森來得好，我的句子比較易讀，而且沒那麼突兀，不過我的目標讀者是個讀報告的警察，而不是某位能讓我爭取外快機會的編輯。我在想，文森有可能是太輕易被我的文字取悅，也有可能是純粹演戲，好讓我接手他覺得麻煩的瑣事。不過，我倒是真的很享受每天工作結束時的書寫。

部分的我是享受的，我很確定這一點，而且我知道自己正在做的這件事已為我贏得讚美。有人認可我很擅長做這件事，而一個人想做自己擅長的事是再自然不過的了。

不過這件事的意義不止於此。坐在打字機前總結八個小時內發生的事，這是一種檢視事情的方法，也能以客觀的角度看待這些事情。我想這就是寫日記的好處，不過我從來不想寫日記。

寫這些報告對於寫日記也有幫助，因為它們絕對不是只給我自己看。無論平常長官會不會讀這些文字，一旦我寫下報告，這就成了記錄的一部分，如果有其他事件與我們的行動或觀察有關，那麼這份報告就可以提供參考、檢視和引用。

假設我們處理一起家庭糾紛，被毆打的妻子堅稱她是自己摔倒的，報案的鄰居應該少管閒事。你不會相信這種事情有多常發生，我們都知道那位太太在說謊，她會跌倒其實是因為喝醉的丈夫賞了她一巴掌，但對此我們束手無策。因此訣竅是，清楚說明事情發生的經過，但不詳細解釋。倘若過了一週或一個月，他又打了她，而也許這次他用的是比手更硬的東西，她最後進了醫院或太平間。以前有投訴過嗎？這時候就會有人來審視我們的報告。

撰寫報告還有一個要素，那就是省略，我必須把不該做的事略而不提。最初那二十元，十元分給馬哈菲，十元分給我，這種事情絕對不可能只發生一次。我的搭檔想省略的東西可多了，像是為數可觀、有利可圖的握手。這種情況大多是違規，比方擋住通道的卸貨卡車這類的事，不過遇到一些實際的犯罪行為，買通警察也不是不可能。大多是非暴力行為，基本上無受害者，不過如要照章行事的話，當然就是將不法者逮捕到案。

「警官，我們可以談一下這件事嗎？」這就是正確的開場白。知道這句用語的精明人就算成功了一半。

我們可以談一下嗎？有時可以，有時不行，這要由文森決定。如果我們逮到犯罪者，這當然要寫進報告。如果我們談完後他就走了，那麼我可以有些選擇。我可以說我們給他一個警告，也可以說缺乏證據讓我們不得不把他放了，又或者在沒有投訴人或目擊者的情況下，我可以不做記錄。我和文森會討論寫法，然後我會想辦法潤飾文字。

8

有一件事顯然我不曾做過，那就是讓讀報告的人看出來有可能錢已經進了我們口袋。

不過有些事情我做過。

最早收下的那張十元鈔票並不足以改變一個人的人生，不過就某方面看來，那十元正是改變了我的人生。我必須說，在當下我唯一的感覺，就是我通過了測試。文森和我原本就是搭檔了，不過這樣的夥伴關係又提升到另一個層次。（我可以說我們是犯罪搭檔，雖然技術上來說這是對的，但我從來不覺得是如此。）

對有些警察而言——不是很多，不過有些是如此——警徽正是占人便宜的許可證，而且那成了他們主要的工作。他們會回應呼叫和逮捕罪犯，不過那都是為了佯裝一切正常的表面功夫。

而且想當然耳，你不會知道長期下來你的作為會有什麼後果。你逮捕一些入室盜竊的笨蛋，以此為自己的表現增色。幾個月後，那位竊賊的律師得知你是個講道理的人，他或他的代表和你談了一下，於是在法庭上你的證詞出現搖擺，然後在交叉詰問之下崩潰了，於是這起案件甚至沒有經由陪審團裁定，便由法官駁回了。而後你告訴酒吧裡的人，這世上沒有比辯護律師更卑劣的了，他是用一堆言語陷害人的無賴，而眾人都安慰你說你盡力了。

諸如此類。

文森和我從未做過這種事，而且蔑視那些曾這麼做的少數警察。我們不會打小報告，也不會向內部事務管理部門告密揭發。畢竟我們都是員警，同袍的情誼還是在。他們依然是警察，不過是不正派的警察，那並非我們自視的模樣。

那麼在我們眼中，我們是什麼模樣？很難斷言，因為我發現迴避不去想這件事要來得容易多了。額外的收入讓領警察薪資的我們生活更好過，尤其對於我和安妮塔結婚生子後的生活更有助益。先是麥可出生，接著是安迪，好多要添購的東西，要支付的帳單，而只有我在工作賺錢。以警察的基本薪水養活一家人是沒問題，很多人都是這麼做，不過如果有一點額外的收入來源，日子會寬裕許多。

我不確定文森究竟是怎麼看待這件事，因為我們從來不會認真討論這個話題。我們不太常促膝長談，鮮少聊到我們的本性以及對於自己和世界的看法。多年來，這種情境只出現過幾次，而且總是在某間沒人認識我們的杜松子酒吧的雅座裡。

有一晚是在皇后區的伍德賽德或桑妮賽德，在為一位槍戰當中不幸喪生的同袍守靈之後。文森和他略有交情，而我見過他一次，出席喪禮鞠躬致意之後就走人了。走了幾個街區，找到一間看起來還不錯的酒吧，坐下來喝杯威士忌，聊了聊死亡。

還有些時候我們會聊女人。有一次是在我和安妮塔站在聖阿塔納修斯教堂裡對彼此說「我願意」的一週前，我打完報告後問文森有沒有時間去喝一杯。我們走過時常光顧的店家，找到另一間光線較昏暗、更安靜而且沒那麼多警察的酒吧。進門時，文森朝吧台的男子點點頭，對方也點頭回應。

我們坐下來後他說：「那傢伙啊，我逮捕過他一次，酒醉和妨礙治安，他那次真的很誇張，我想他坐牢坐了三十天。怎麼了嗎，我的朋友？」

「前天，我和安妮塔講電話，她問我想不想邀她過來，我說我累了。」我說。

「感覺好像你們已經結婚了一樣。」

「嗯，那天值班時間很長。」

「我記得。」

「所以我回到住處，但我沒辦法休息，我想到我們上週敲門的一戶人家。」第五大道和卡羅爾街路口發生了一起襲擊事件，一名男子尾隨一個女人，在她開門時撲倒她，倒在她身上時褲襠是敞開的，後來女子的尖叫聲把他嚇跑了。我們記下她的陳述，還有她對於襲擊者模糊的描述，其原因不難理解。接著我們搜索該棟大樓，挨家挨戶敲門，希望會有人目擊到什麼。

「那個紅頭髮的。」文森說。「應該是赤褐色的，我想可以這麼形容。我有看到她的臉，也看到你的了。你當時想幹嘛，想回去確認她有沒有忘了告訴我們什麼嗎？」

如果必須這麼做的話，我原本是會這樣跟她說的，可是她打開門看到我的時候，看起來一點也不驚訝。我知道她已婚，也知道她先生值晚班，她故意告訴我這些事。當她關上門、推上門栓時，跟我說的第一件事情是：「你還真會抓時機，十分鐘前我還在一邊想你一邊自慰呢。」

我把這句話原封不動地告訴文森，不過在那之後我只有說，我在那裡跟她待了一小時後才打道回府。文森說有些女人一看到你是警察就對你興趣缺缺，有些則是完全相反，感謝老天有後者的存在。

「我再一週就要結婚了。事實上是六天。」我說。

「我會到場。」

「嗯，我猜我也會吧。」

這是什麼意思？我要結婚了，我愛那個即將成為我太太的女人，或者至少我認為我愛她，我們訂下結婚日期，因為她的月事延遲，我們猜想她懷孕了，不過之後又來了，她跟我說，那你可以脫身囉。我回答，不對，反正我們遲早都要結婚的，這件事情只是讓我們提早完成，不成問題吧？

「所以呢？」

所以我在卡羅爾街天殺的在做什麼？

我們又叫了一輪酒他才回答我，他拿起酒杯，盯著酒杯看，彷彿裡面有答案。顯然裡面真的有答案。「你只是在把握當下。」他說。「她清楚讓你知道你有機會這麼做，而馬修的單身漢生涯只剩幾個晚上，這就是他度過其中一晚的方法。你那天開心嗎？」

我是很開心，不過這樣不是才有問題嗎？這下我只能告訴自己，我犯了一個錯誤，我永遠不會再犯同樣的錯了，然後在我回去當個忠誠丈夫的路上，做些相當於十次萬福瑪麗亞的非宗教性禱告。

他說：「再過一週，或者不管幾天，六天？你就會站在那裡幫她戴上戒指，這會改變一些事情，而且你會發現有些事情改變了，有些依然不變。也許從此以後你只會和你老婆上床，對某些男人來說婚姻是如此，那只戒指會帶來這樣的改變。」

我等著他繼續說。

「或者沒有。」他說。「或者你會像大多數男人一樣，你會愛你的太太、房子、孩子和家裡養的狗，全都愛，而且你會在酒吧裡喝酒，那裡充斥著像你這樣的警察，夜晚的高潮就是當自動點唱機響起〈天佑美國〉，每個人都起立和那個胖女生叫什麼名字來著的一起唱。」

「凱特．史密斯。」

「從此岸到彼岸。不對，那是另一首歌，有富饒平原的（譯註：此為另一首美國愛國歌曲〈美麗的亞美利加〉（America the Beautiful）的部分歌詞）。那就是你會做的事，你會遠離單身酒吧，告訴自己你的生活過得很理想，偶爾會出現某個人，你會看著她，她也會看著你，這時你會說去他的理想生活，去他的凱特．史密斯，家裡的狗也見鬼去吧。」

他喝了一口，我也是，然後他說：「我是最沒資格告訴別人怎麼當人家丈夫的。我已經獨自生活四十五年了，而我還沒和我太太離婚的唯一原因，就是我太太是比我更虔誠的天主教徒。她讓一個男人待在我家屋簷下的時間比我還久，不過每週一次她會去向某個牧師告解，表達悔過之意，然後這一切罪過就泯除了，她可以自我感覺良好地回家，再開始累積接下來的罪孽。

「不管怎樣，可行就好，對吧？她得到我大部分的工資來維持家計和養育小孩，還好我不用仰賴市政府付給我的薪水扣掉這部分剩下的錢過活，而且我也不必填寫任何表單或付錢請律師，我還有個很大的優勢，那就是我無法因為被愛沖昏頭而結婚，因為我已經結婚了。

「所以我們在聊的話題，如果你專心聽我說的任何話，那你就是瘋了。你會是個直言不諱的丈夫嗎？我猜你不是，不過那不表示你的婚姻會砸掉。我之所以在外面胡搞瞎搞，還有其他原因。我總是不在家，但大部分的時候不是因為我和別人在一起。我不在家，是因為家不是我想待的地方。

「聽著，事情會是如此。再過一週，六天後，我會到場看你立下誓言。其中有一句話是關於拋棄其他所有人，如果你在說那些話的時候交叉手指，誰會注意到呢？」

∞

我沒有交叉手指，那天到來時，我穿著一身深藍色西裝站在教堂裡，此時去敲位於卡羅爾街上或任何地方的門，都是我的思緒最遙不可及的事。

我有些感觸，而且很難釐清頭緒，當中有興奮——我要結婚了，我們即將以夫妻的身分開啟新生活，我可以開始認真把自己當成年人了，而且不一會兒我會成為父親與一間屋子的主人，要多少年我才會墜落到開往卡納西的地鐵車廂底下？

只是一個念頭，許多好的、壞的念頭之一，我並未一直想著那件事。

∞

我們在波科諾山的度假村待了三天，那裡被吹捧為世界的蜜月之都，藉由每間套房都有心型的床和心型浴缸獲得這個稱號，而且這裡完全不提供額外服務，因此除了待在房間裡之外沒有其他事情可做。在心型的床上揮汗之後，再到心型浴缸裡泡一下。

沖洗後再重複一樣的事。

我們到那裡的第二晚，我睡不著，於是溜下床，小心不吵醒她，然後下樓到飯店的酒吧裡。酒吧空蕩蕩的，只有一對夫婦在一旁，表情看起來彷彿他們這才意識到自己犯下了人生中最大的錯誤。

飯店酒吧的酒有一堆老套的可愛名稱——晚餐時安妮塔點了一杯叫做「兔子習慣」的酒，她說她喜歡那杯酒，不過最後沒喝完。我點了一杯高球、波本威士忌和蘇打水，而現在我又坐在這間酒吧裡再點一杯波本威士忌，這次有加冰塊，而且我待得很久，喝到第二杯和第三杯。

我不知道我當時穿什麼，不過可能是我結婚典禮穿的那套西裝，只是我嫌麻煩沒打上領帶。我不必再去添購西裝，因為在我們從制服警察升為便衣警察之後，我早在幾個月前就買了這套西裝和其他三套了。

「你需要幾套西裝。」馬哈菲對我說。「我也是，事實上，我們都不需要花大錢在這上頭。」他帶我去羅伯特霍爾服飾店位在第四大道的布魯克林分店，我買的西裝全都是相同款式，只有顏色不同，分別是灰色、深灰色、深棕色和深藍色。

幾年後，升上警探時，一位中城北分局的資深警探帶我到第五大道四十街附近的芬奇利服飾店購物。我買了三套西裝和兩件運動夾克之後，他才讓我走出店門。最便宜的那件夾克比我在羅伯特霍爾服飾店買的那四套西裝還貴。

當我說我已經有一整個衣櫃的西裝時，他說他知道我有，而我該怎麼處置它們是我的選擇。「捐給慈善單位或救世軍。」他說。「由你決定怎麼做。馬修，你是個紐約警探，我的老天，你會想讓自己看起來體面一點吧。」

8

我有點說太多了，腦袋從一個想法漫遊到另一個想法，而我也跟著在鍵盤上打出來，將種種回憶拋擲到電腦螢幕上。有幾分鐘我在賓州，在波科諾山喝著波本威士忌，試著不要盯著一對瀕臨分手邊緣的新婚夫婦瞧。接著我又在芬奇利服飾店挑選那種和警探身分相襯的衣服。

回到酒吧，回到波本威士忌，我不記得自己在想些什麼，不過必定是關於我讓自己落入什麼處境，而且我認為那杯酒可以幫我麻痺思緒。因為如果我讓自己思考，那我會發現是焦慮與不滿的雙重情緒把我帶下樓。在我的內心深處，我的處境和酒吧另一端的那對夫妻相同，受困在同一張小桌子前，無法與對方四目相接。

那杯波本威士忌發揮了效用，將我思緒的音量降到我聽不到的程度。

那就是酒精的功效。

等我喝完第三杯，我想著要如何告訴安妮塔這對喝酒夥伴——婚姻幸福先生與太太的事，她會聽得很樂。我一邊想著這件事一邊走上樓到我們的房間，這回我毫不費力就睡著了。

8

文森認為是我寫報告的方式幫助我們脫離制服生涯，穿上羅伯特霍爾服飾店買的西裝值勤。我一直覺得他誇大其辭了，我在打字機前做的事不可能對兩名男子和他們的職業生涯有那麼大的影響。我們經手的有些案件成效不錯，那些案件為我們贏得好名聲，而那必定是因素之一。我也相信東二十街其中一位或多位教官幫我背書得到了成效，讓我能跟文森搭檔，使我的職業生涯一路順利。

事實上，我寫報告的方式和教官的青睞有點關聯。有一次教官對我們做了一項測驗，在他講話講到一半時，兩名男子忽然衝進教室。穿牛仔褲和T恤的那個人在追一個穿西裝的男子，抓到他之後把他推抵著牆，西裝男移動身體，像要從肩背式槍套拔槍，不過他並沒有掏槍，拿在手裡的是一支原子筆。

這時候，第三名男子進入教室，走到黑板前面拿起一個板擦，然後帶著板擦離開教室。接著西裝男把牛仔褲男銬上手銬帶他離開教室，這時教官告訴我們有些人已經開始懷疑的事。

想當然耳，這一切都是演戲，他稱這是觀察力測試。他給我們五分鐘寫下所有看到的細節。當然，這件事難就難在對我們來說，我們以為這件事大部分都是真實發生的——兩名男子在教室裡，是因為其中一人在追另一人，其中一人是好人，另一人是壞人，也許有人應該插手干預，為什麼教官就只是站在那裡？為什麼他不做些什麼？

收到教官指令後，我們必須按下即時重播鍵，寫下我們記憶中看見的情況。學員之中有些人整整盯著一張白紙發呆五分鐘。我一開始原本沒專心，在我還沒注意到發生什麼事之前，西裝男就被抵在牆上了，雖然我錯失很多重點，而且還把其中一些事實完全搞錯了，不過我還是以自己推測的內容把記得的部分寫下來，而且我寫了很多。

我們交卷後，教官（他名叫尤金・基文斯，似乎是個警司）到走道去，回來時帶了兩名男子，一名穿牛仔褲，另一名穿西裝，顯然他們也是警察。他介紹兩位員警後，說我們應該在他們重演一遍時仔細觀看。於是他們走出教室，基文斯拿起一根粉筆站在黑板前面，這時門忽然打開，短劇再次上演，不過這次我們全都知道必須目不轉睛。

即使如此，也不是每個人都有看見第三個男人，那個板擦小偷。

不過我們又得到五分鐘時間可以寫出眼前所見，還有……嗯，關於那次測試練習，我想這些資訊就夠了。這次練習很有意義，雖然當下我並不這麼認為，不過這個練習對於尤吉・貝拉的名言是很好的見證。你可以透過觀看獲知很多事情，不過唯有專心才辦得到。

過了一、兩天後，我們拿回自己的試卷，上面有許多註記讓我們知道教官確實讀過，或者至少看過一眼。在我看到我的考卷之前，就先聽到自己寫的內容被大聲唸出來。

基文斯選了三篇來唸，他並未指出這三篇的作者分別是誰，只說沒必要讓任何人覺得難堪。他唸的第一篇記錄既笨拙又粗略，無論作者是誰的確都該覺得尷尬。第二篇則全都是主觀視角——我看到這個、我感覺怎樣、發生這件事很可怕等等。基文斯告訴我們較好的做法是讓自己置身事外。你就是相機，你就是收音機，你只是在呈現自己所見所聞，如此而已，因為它與你無關。

接著他唸了我寫的第二篇報告，就在我們知道這是一齣為我們而演的短劇之後寫的。他說這就是寫報告的正確方法。這篇記錄既客觀又清楚，你讀了之後會知道究竟發生了什麼事情，幾乎就像你當時也在場一樣。當然，寫這篇報告的人搞錯了其中一、兩個事實，不過這是人之常情，這也就是為什麼證人作證的說詞絕對不是你所希望的那麼可靠，不過不管怎樣，報告就該像這篇這麼寫。

他發表這些匿名的讚美時根本連瞥都沒瞥我一眼，不過後來他讓大家短暫休息五分鐘時，他說：「史卡德，做得好。」音量大小恰好能讓我聽見。

∞

當然，這些年來我時不時還會想起這件事。就在我離開警察的工作，開始當個普通公民，藉由做些我在當警察時會做的某些事來維持生計之後，其中一件事情我非常清楚表明，那就是我已經不再記錄事情和提供書面報告了。我會代表客戶辦事，盡我所能讓事情得到令人滿意的結果，但對方不會得到書面報告，或是我的費用明細。我會在完成任務之後和客戶面對面坐下來，告訴他我所得知的、未能得知的或已完成的事項，然後我會提出一個數字是我覺得他應支付的，他可以選擇支付或不支付。

這個商業模式，如果我們可以這麼稱呼它的話，基本上沒有多大改變。我一度費盡心思取得私家偵探的執照，持有一段時間後放棄了，在那段期間，我仍然以同樣不具商業作風的方式執業，沒有正式報告，也沒有花費記錄，這樣運作起來也還算順利。

最近我幾乎每天早晨都來到辦公桌前，吃完早餐後就會坐在電腦前面，每天的第一件工作便是把我的記憶再多傾瀉一點到Word檔案上。這件事和維持清醒不醉都是我每日的工作，如果有時這讓人覺得是種義務，那麼大致上來說我很感激有這樣的義務。

不過有件事現在想來很奇怪，那就是我發現自己竟然在藉由書面報告回想從前，想著這些報告是如何使我成為便衣警察，也讓我成功邁向警探的身分。即使我是因為書面報告而升遷，但在成為警探之後我就沒這麼做了。

目前仍持續的是：我一直想起魯汀老師，我的拉丁文老師。每晚我都會讀凱撒的《高盧戰記》，而那正是一名男子實事求是的報告，且我在閱讀中會尋找相對應的英文字詞。

也許不只是魯汀老師，有幾位英文老師也教會我如何用英文寫出句子，不過我還是覺得拉丁文課最關鍵。

我曾經對文森．馬哈菲說過相同的話，他那時跟我說，我藉由寫報告讓我們脫離了制服警察的身分。他指出部門裡有半數是愛爾蘭人（也許在當時還算是低估了），這些人裡面還有一半都念過天主教學校，那不就是拚命教拉丁文的地方嗎？

「只不過那不必然。」他說。「那些想當牧師的人，他們會學拉丁文。而那些比較笨的，最後則是在商店和健身房裡工作。所以也許你這麼說有道理。」

我目前正在寫的其實也是一篇報告，不過本質上和我在執勤結束後所寫的報告非常不同。它或多或少記錄了發生的事情，不過既不簡明扼要也不直截了當，甚至沒有盡量保持客觀。這份報告與你無關。尤金．基文斯曾對我們說過，但我是刻意讓這篇報告與我有關。

話說回來，我還是很樂意將功勞歸於艾莉諾．魯汀，還有蓋烏斯．尤利烏斯．凱撒的協助。他們在我還是個菜鳥巡警時就幫我打好了基礎，他們帶來的影響至今仍存在於我所寫的句子當中。魯汀老師。我從未向她致謝過，也從未向他們任何人道謝。我晉升便衣警察時曾想到她，想到要走訪一趟布朗克斯，告訴她就是她的教導讓我獲得升遷，但除了在我腦海裡的幾句對話之外，我實際上並未採取任何行動。

當她告訴我和瑪夏．伊波利托我們沒辦法上第三年的拉丁文課時，我還記得她語帶哽咽的模樣。我了解學校當局不會只為兩名學生就開一門課，但我還是深感遺憾。

如果我真的上了第三年的拉丁文課，我的人生會不同嗎？老天，你瞧凱撒對我造成的影響。如果我和西塞羅相處一年，誰知道我會晉升到哪裡去？我可能會當上天殺的警察局長呢。

∞

我應該再提一件事情才算聊完文森．馬哈菲的事，那就是我從他身上學到了另一件不該寫入報告的事。

我想那個名詞該叫非法正義。我想你可以把文森歸類為實用主義者，他篤信任何可以解決事情的方法，這樣的行為展現在他選擇不執行的法律和他所做的選擇之中，像是讓一輛貨車擋住人行道，他們只要在我們口袋裡放幾塊錢，這檔事基本上就沒事了。

在其他地方他也採取了同樣的寬鬆政策，其中包括一些無利可圖、無手可握的情況。我們接到的許多報案電話都是家庭糾紛，專指在家人、親密友人或大樓住戶之間的事。我認識的每個巡警都很怕處理家庭糾紛，因為這是吃力不討好的工作，沒有人曾經因為成功安撫一個想刺死丈夫的妻子而獲得升遷，而且這種案件還有最大的潛在災難。因為不管你做什麼，她都還是非常可能會拿刀刺向那個婊子養的，而且非常可能連你也遭殃。

處理家庭糾紛最理想的結局是在不需逮捕任何人的情況下平息事件。通常至少有一方會是喝醉的狀態，而如果能誘使他藉由睡眠來恢復理性，那麼之後就不是警察的事了。這也許稱不上是長期解決方案，因為遲早酗酒問題會引發其他紛爭，而且非常可能分局又會接到另一通報案電話，不過那不會是今天，而且通常會由其他員警負責處理。

我身高約一八三公分，文森又比我高個五公分，而且身形比我魁梧、體重也更重。我們的體格成了做這份工作的明確資產，而且在處理家庭糾紛時特別管用，看起來能利用健壯的體格與人抗衡，那給了我們優勢。

當時高個子是必要條件，他們會希望你至少有一七三公分，不過絕對的分界點是一百七十公分。在我離開警界的時期，開始聽聞有些人反對這項要求，認為這是歧視。女性往往比男性來得矮，而那些資格符合當警察的女性又特別，嗯，矮小。其他種族的員警也是如此，像是拉丁人和亞洲人。對於原本希望紐約警局主要只聘用男性和愛爾蘭人的派系來說，他們對於這項規定樂觀其成，不過這個限制最後仍被否決了。

大致上來說，身高要求仍是必要的做法，如果硬要說身高不足沒有缺點，那就是心口不一了。假設有一位毆打老婆成性的醉漢，他瞪大雙眼、體格壯碩，而在現場的女性警察是一位墊起腳跟才一百五十二公分的女性。對，她是能用槍指著他沒錯，但那是你想要的嗎？

我不認為文森曾經在家庭糾紛事件拔過槍，印象所及是沒有。他拔槍的次數少之又少，配槍從不曾離開過槍套，而且我知道他只有在射擊場上開過槍。有時對峙場面緊張時，他可能會握住警棍，不過通常就是赤手空拳上陣。

有時他會動粗，他會抓住一個討厭的酒鬼，把他用力推向牆壁，然後把他甩來甩去，再將他的手臂猛拽到背後，也許會甩他巴掌，也許會給他一拳。

有時會更超過。

我記得有一次，在公園坡和日落公園相鄰處的序數街道上，一名男子和一名女子在一間頂樓公寓裡喝醉了，而這並非他們第一次吵到讓鄰居打電話報案。

我們爬了四樓或五樓的階梯，不管幾樓都不會讓我們的心情好一點，而且看到這兩人的模樣更令人反胃。男子穿著背心和四角褲，女子穿著某種家居服。他和文森差不多高，而且必定有一百一十多公斤，身上滿是肥肉，不過在贅肉底下應該也有點肌肉。女子的個頭也不小，長得高又胖。從他們的樣子看來，兩人已經互賞彼此巴掌和拳頭了，我們走進門時，看到他們擺好陣勢、互瞪著對方，然後又一起瞪我們。

「你們兩個都可以滾了。」她說。「天殺的是誰邀請你們來的？」

文森說些能讓場面冷靜下來的話。我們收到報案抱怨噪音，所以別無選擇只能做點回應，如果我們配合一下，那麼就可以輕鬆解決這個問題，諸如此類的話，全是我之前聽過的，而且通常這段話都能和平解決事情。

不過這兩位並不想要調停爭端，男子開始怒罵某位不在場的鄰居，他認定對方一定就是報案者，而且恐嚇要是下次看到對方，要對那個婊子養的做什麼事。女子一手握著一瓶五分之一加侖的 Calvert Extra 威士忌，想從這個一滴不剩的酒瓶倒出酒喝。

這顯然是壓倒駱駝的最後一根稻草，她瞥了一眼酒瓶，再望向我們，然後身體微微轉向左邊，看著廚房流理檯。

接著她使出全力把酒瓶砸在流理檯上。

我猜這是看電影學的，一位演員（絕對不是英雄角色）手握著一瓶威士忌的頸口，用力往吧台或桌面砸，由於是預先準備好的道具，所以瓶子的一端會碎裂，於是演員手上握著的，會是一個看起來很凶狠的武器。

但在現實生活中卻不是那麼順利，而且對於這位想成為傑克・伊萊姆〔譯註：Jack Elam，為美國電影與電視演員，因其反派角色而聞名，演藝生涯中曾參與七十三部電影及至少四十一部電視劇的演出〕的女士來說，這更是大失敗。酒瓶基本上是爆裂了，玻璃碎片飛得到處都是，而且最後她手裡就只剩脫離瓶身的瓶子頸口，其餘什麼也沒有。

而且她在流血，一片或多片飛出來的碎玻璃造成她的手和手臂上有很多傷口，雖然傷口很淺，但仍流了不少血，她震驚地杵在那裡，除了盯著血看之外什麼都做不了。

我過去協助她，不過她的手裡仍拿著瓶子的頸口，鋸齒狀的尖端還算是個不太好用的武器。我試圖說服她鬆開手，讓那東西掉到地上，不過她沒被說服，同時文森也轉身漸漸接近她，想尋求安全的方式讓她卸下武器。就在這時，有個東西引起我的注意，我及時瞥見男子正拿起放在熨衣板上的熨斗，用他的大手一把抓起熨斗，而且已經把熨斗大弧度甩了出去，我趕緊喊搭檔的名字。

文森及時閃開，熨斗差一點就擊中他。強大的力道使男子失去平衡，他身子往前倒，眼看就快跌到地板上時，文森一把抓住他的背心，讓他站直，但男子又舉起拳頭，準備朝文森身上打，這時卻被文森一拳打在胸口，就在心臟下方不遠處。文森把男子扔向牆壁，接著而來的是八或十或十二次的拳頭猛擊，左右拳互攻，把男子的圓筒身軀當成沙袋一樣擊打。

等他打完在喘氣時，男子跌坐到地上。男子先前之所以保持站姿，全都是因為靠著牆面與文森的擊打，他並非失去意識，頭部沒有受到任何重擊，但文森的連續出拳已把他打得鬥志全失，幾乎失了魂。他在呻吟，聲音低沉而有節奏，我不確定他究竟知不知道自己在做什麼。

我讓女子卸除武裝，亦即我把瓶口從她手上拿走，放到一旁。她不再抵抗，而且似乎不知道發生了什麼事。我讓她在廚房餐桌前坐下，幫她把手臂裡一呎長的玻璃碎片取出來，接著環顧四周尋找能用來清理傷口的東西。

文森要我省省力氣，他沒看到周圍有任何東西是能用的，連個抹布或一塊布都沒有，而且就算有，可能也髒到反而讓她被感染，對她準沒好處。像這樣的割傷會自己癒合的，他說。那些不是會讓人失血致死的傷口。

「失血過多。」他說，因為想起這個用語而沾沾自喜。「就像那個在展望大道的可憐傢伙一樣。那是什麼時候的事，三月？四月？」

那是春天的某個時候，大樓管理員說鄰居發現有一股味道，於是管理員自己開門進去，看見屍體後立刻報警。那個人，年近四十，單身，獨居在幾乎滿是空酒瓶的公寓裡。他在法庭街上的一間律師事務所任職多年，不是律師，而是現在稱為律師助理的職務，雖然我不認為從前這個用語很常見。

因為他曠職太多天，事務所不得不解雇他，所以老闆並未注意到他沒來上班。由屍體腐爛的氣味判斷，他可能在浴室地板上躺了將近一個月或更久時間。大樓管理員就是在那裡發現他的，男子穿著睡衣，但沒穿睡褲，顯然他原本是站在馬桶前面，失去平衡跌倒後額頭撞到陶瓷水槽的上緣。

那股衝撞力可能足以使他昏迷，或者是他先前喝酒所致。無論如何，他就這麼躺在倒地的地方，跌倒時頭皮劃出了一道深長的傷口，而那道傷口流的血比皮外傷和擦傷流的血多很多。

所以他就這麼倒地不起、失血至死。我想他永遠不知道自己發生了什麼事，就和在睡眠中死去一樣，不過在浴室的地板上流血過多而死可不是什麼離世的好方法。

事實上這種情況很常見。多年來我遇過好幾個這樣的案件，喝酒永遠都是原因之一，雖然天曉得你不必喝醉，也會因為頭皮受傷失血過多而死。有一位著名的演員就是這樣死的，就我所知他是個酗酒成性的人。如同他們說的，功能正常的酗酒者，而且有正常工作，也履行該盡的義務，只是那些最後仍沒有任何幫助。

8

我們離開那棟頂樓公寓時，留下的只有和平和安靜。那位太太依舊坐在餐桌前，也就是我安置她的地方，而且她的模樣會讓人以為她已經凍結在原地了。雖然眼睛是睜開的，但是她沒說話、一動也不動、面無表情。我猜她一定是暫時失去了知覺，那副模樣和喪屍沒兩樣。

她的先生還在倒地的地方，睡著或昏迷了。文森讓他側躺著，這麼一來如果他嘔吐就不會噎到。「如果他之後吐的話。」他說。「他可能現在已經吐了，不過何必冒這個險？」

「你這麼做救了他一命。」我說，接著他回道：「對，我是天殺的慈悲天使。」接著我們走出門，鎖上彈簧鎖後離開。走下樓時，我說真希望值勤時間到此結束，但文森說我們還要兩個半小時才下班。我們頂多在那間公寓待了十五分鐘而已。

在我寫下的報告裡，當晚後來發生的事情才是那天的重頭戲。我們回覆一通呼叫，要我們到一宗搶劫案的案發現場。兩名男子，後來發現是一對父子在搶一間酒品專賣店，這無疑是男性情誼的大考驗。有人開槍，兩人受傷，其中一人傷勢嚴重，不過我們不是第一輛回應搶案的警車。我們太晚抵達，沒聽見槍聲，不過抵達的時間正好能幫忙叫救護車。

在那之後我開車載我們兩人回警局，回程路上文森給我看他拿的紀念品，一瓶尚未開封的五分之一加侖的歐佛斯特威士忌。「店主已經有夠多事要操心的了。」他說。「他的肩膀裡有一顆子彈，傷勢不是太嚴重，不過可能再也無法跟人玩摔角。再加上被他射中的人，也許有機會及時康復領取他的年度最佳父親獎盃，也許不會，而這都是因為他不把收銀機裡的錢直接交出來的緣故。」

「他已經被搶太多次了。」

「所以他不願乖乖聽話，而是拿出槍展開一場槍戰，而非平和的小搶案。或許他在拿起那把史密斯威森小手槍時救了自己一命，因為一旦亮槍，誰知道會發生什麼事？如果我祖母身上有輪子，她還可以當推車咧。現在說什麼都沒用了。」

「不過她還是你祖母。」

「你他媽的說對了。歐佛斯特。我本來要拿它旁邊的老祖父波本威士忌，老祖父也可以當推車。你覺得布魯斯東先生會想念這一瓶酒嗎？」

「他會希望你拿走它。」

「或者他會開槍射我，但他無法這麼做，因為警方收走他的槍了。我現在就想打開這瓶酒，不過我知道這不是好主意，我可以等一下再開。光是拿在手上就是一種慰藉，你懂吧？」

我懂。

我回到分局寫報告，多數內容是關於酒品專賣店的搶案，不過我也把頂樓公寓的那對夫婦寫進去了。回應另一位住戶的抱怨說詞，我們抵達公寓時發現門沒鎖，而且兩方都沒反應。發生了一場家庭糾紛，有證據顯示曾有暴力行為，女方身上有破酒瓶造成的皮肉傷，我們已將其清理乾淨，而且似乎不需要進一步處理。

諸如此類的話。

我對那一晚記憶猶新，不過不確定這件事發生的時間點。我確定是在我結婚後的事，也是在我們成為便衣警察後發生的，我之所以確定這點，是因為我拿起那個熨斗，要把它放回熨衣板時，文森說：「老天，那混帳原本可能要了我的命。」不一會兒他又說：「或者他可能幫我熨西裝。」

我記得那是夏天發生的事，而且可能是在長子麥可出生後的三或四個月，所以我們當時還住在辦完婚禮後住的那間公寓，距離展望公園幾個街區的地方。隔年夏天，得知她又懷孕後我們才開始找房子，並且考慮例如好學區這類的事。

我當時買了一輛三年的二手車龐帝克，不過除非遇到下雨天，否則我幾乎都是走路上下班。有一晚我們開著巡邏車執勤，當時巡邏車多半是黑白的普利茅斯，我提交完報告之後坐上文森的車，我們把車子停在一間關門的商店前面，那間店唯一的名字說明了它提供的服務：爆胎修理。

他下了車，示意要我坐到駕駛座，他自己繞過車子坐到我原本坐的位置。他一手拿著一瓶歐佛斯特，打開瓶蓋後把酒瓶遞給我。我通常不會拒絕喝酒，不過某個想法使我搖搖頭，而他似乎不是很驚訝。當時還沒有人想出指定司機這個用語，不過那天晚上我就是這麼看待自己的角色，顯然文森也是。

他喝了一口之後把蓋子蓋上，說：「Calvert Extra，他們就是在喝這個，對吧？那位太太打破的酒瓶？」

「我想是吧。」

「你會看到它的廣告。『柔軟的威士忌』，那到底是什麼意思。也許他們是要說這種酒喝了不會有灼熱感，就好像在喝有顏色的水，不過別擔心，它還是會有作用。如果它不會讓你醉，我們退你錢。」

他又喝了一口之後蓋上蓋子，然後仔細端詳雙手的手背，伸出來給我看。

「打身體。」他說。「在他身上不留痕跡，在我的手上也是。嗯，也許他會有瘀青，不過不是在看得見的地方。毆打一個人的臉，你的手可能會骨折，而且後果是全世界都看得見。」

他原本一直盯著酒瓶看，不過現在轉頭看向我。「我失控了。」他說。「那個該死的熨斗。你知道，他差一點打中我。」

「我知道。」

「在那種情況下，打他是正確的做法。你得回擊，而且最好能讓他當下感受到你不是好惹的，甚至連隔天都能感受到。你懂我的意思嗎？」

我說我了解。

「不過要多少才算夠？可以快速擊打兩下，不過更像是一到十下。」他的雙手稍微握拳，左右手輪流微微擺動，彷彿他正用拳頭回想那幾記出拳。「十下。」他說。「或許是十二下。我可能會殺了那個婊子養的。」

「因為出拳打在身體上嗎？」

「他倒在地上的時候，我很想把他的牙齒踹飛。他旁邊有一張椅子，當時我也很想把椅子舉起來，往他的頭上敲下去。」

「可是你沒有這麼做。」

「我有想過要這麼做。」

我說我也曾經想過很多事情，於是他問我確定不想喝一口嗎？因為不管這位歐佛斯特是誰，他做的威士忌都相當好喝。「不過一點都不柔軟就是了。」他說。「有灼熱感，而我一向都喜歡灼熱感。」

我懂他的意思。

「柔軟的威士忌。」他說。「但空瓶子可是一點也不柔軟，而且本身還會是個滿不錯的武器，不過後來那個愚蠢的賤貨把酒瓶打碎，手裡只剩下兩吋的瓶口和一些碎玻璃。我敢跟你說，如果人們不是天殺的這麼愚蠢，我們的工作就會難上很多。」

他要我開車載他回家，並叫我把車開走，隔天再來接他。我在他的公寓大樓前面讓他下車，等著他走向大門、開門進去。他手裡拿著那瓶波本威士忌，裡面的內容物少了將近一半，所以他必定喝下了十二盎司的威士忌，而且每次喝完一大口後都刻意蓋上黑色金屬蓋，不過他越過寬闊的人行道，走上六階台階時，絲毫讓人看不出他剛才喝下任何比自來水更濃烈的東西。

∞

馬哈菲教會我的事情當中，最棒的一件事就是你可以讓其他人幫忙做你自己做不到的事。那次的事件展現了他是如何處理另一件家庭糾紛，在其中一本書裡有記載，而且大概就是如書裡所陳述的。

簡言之，一次噪音報案讓我們去找一對夫婦，他們承認也許說話的音量大聲了些，不過向我們保證不會再發生同樣的情況。他們身上沒有毆打的痕跡，也沒有打鬥的跡象，後來我們又更深入調查，才發現他們大約六、七歲的女兒是這場嚴重家暴事件的受害者。瘀青、香菸燙傷等等，所有你能想像到的虐待方式都用上了。

但案件無法成立，孩子太害怕而保持沉默，父母則協力擺出否認的姿態。要是現在我們有特殊受害者部門，也有專事詢問孩童受害者的專家，但在當時我們並沒有這方面的對象或單位能求助。

馬哈菲幫那個孩子拍了很多照片，這是在手機尚未盛行的年代，更別說手機的內建相機，但他拿了一台相機拍下一整捲底片，把照片洗出來之後，我們開車到曼哈頓，找到那位父親常和建築工地朋友一同喝酒的酒吧。

我們把照片傳出去，文森說：「聽著，我們是警察，我們沒辦法做什麼，不過你們可以。」然後我們就離開了，讓他們替我們辦事，而且他們做得很好。

這件事記錄在其中一本書裡，我忘了是哪一本，書裡有更多細節，而且幾乎完整敘述了事情的經過。

8

我和文森在當了便衣警察幾年之後，我才升格為警探。當便衣警察唯一的不同之處是我們的外表。我們不再穿有著亮金色鈕釦的藍色制服，而是換成是在羅伯特霍爾服飾店買的西裝。我們可能還是會開一般的巡邏車出勤，回應呼叫和處理案件的方式也都和穿制服時大同小異。

不過有些時候我們會開無警察標示的車輛，我們收到某種任務，希望我們最好不要立刻被認出是警車。不過我們沒接過真正的臥底工作，也沒有滲透販毒交易或黑幫搶劫的祕密任務，不過……

這裡有個例子。展望公園西區有兩個街區一向有人拉客賣淫，也就是說阻街女郎會在那裡招攬顧客。布魯克林副市長會定期舉辦肅清活動，導致一群人被逮捕。接下來的一、兩週那裡的行人數量會減少，等到風頭過了才慢慢回復正常。

那是掃黃緝毒組的工作，不是我們的，而且我們樂見其成。不過有時對當地分局的抱怨會導致某人分派幾位便衣警察到流鶯之間走動一下，散播消息告訴她們不能對行人拉生意，要等到嫖客自己上門才行。或者她們向某一位摩托車騎士談交易的地點應在小巷子裡，不可在大街上阻礙交通。又或者某些時刻警方會很樂意不打擾她們，而某些時刻則光是待在那裡都會被警察逮捕。

諸如此類的事。

有一、兩次會有女孩拿出一些錢，想賄賂馬哈菲不要逮捕她，其實本來也沒有要逮捕，但馬哈菲不收她們的錢。「不用了，沒關係。」他會溫柔地說。「錢你自己留著，甜心。你不會有事的。」幾分鐘後他對我說：「我為什麼要拿她們的錢？錢是她們努力掙來的。」

可是錢不是會被皮條客拿走嗎？

「只有在她們得把錢全部交給他的時候，而且如果沒有這麼做，那她們就有麻煩了。啊，老天，這世界真是生存不易啊。剛才那女孩，她說她叫什麼名字？是波妮還是邦妮？因為很難分辨。」

我說兩個都有可能。

「反正這只是她在街頭的名字，十年前還是十五年前，她在跳繩和玩抓子遊戲（譯註：Jacks，是一種用彈力球和六至十二個或更多金屬或塑料彈子來玩的兒童遊戲）時，她可能是別的名字。『A——我叫安妮，我先生叫做AI，我們住在阿拉巴馬州，我們以賣非洲食蟻獸維生。』」

「非洲食蟻獸？」

「某個以A開頭的字。回到她還在跳繩的日子，你以為她會對自己說，她這一生會在停放的車輛裡幫白人男性吹喇叭嗎？這世界就是這麼混帳。就是有些人得這樣生活。」

∞

西歐榭。

如果我們要搬離布魯克林，我想那裡是個好地方，距離布魯克林大約三十哩遠，位於長島北岸的拿索郡。開車進市區的時間要視交通狀況而定，不過也可以不必開車，長島鐵路會帶你到賓州車站，或到布魯克林的大西洋大道和夫拉特布許大道。

那裡也許是讓兒子們成長的好地方，有好的學區。

有時我會把婚姻的挫敗怪罪於西歐榭，不是西歐榭這個地方的錯，而是我們搬離原本住處這件事。我確定這件事對我們失敗的婚姻影響重大，不過我也同樣確定這場婚姻只是在遵循某種既定的路線，所有的舉動都只是讓這場婚姻破敗的助力。

我猜想搬家這件事是可預知的，發生的原因沒什麼特別。我們即將迎來第二個孩子，原本的公寓開始變得有點太小。如果我們又生一個男孩，那麼兩人可以共用麥可的小房間，但搬家是在照超音波之前，所以我們還不知道小孩的性別，何況我岳母很確定安妮塔會生女兒。

無論如何，我們都覺得需要更多房間，而且如果有個庭院能讓孩子們玩耍會很不錯，我們也可以在那裡做些家庭活動，像是在炭火上烤熱狗、買一台車而且有車庫能停放、在車庫上方裝一個籃板投籃，還有修剪草坪和咒罵蔓生的馬唐草。在秋天時耙落葉、冬天時能剷雪。

諸如此類的事。

當時紐約警局有個規定，那就是部門所有成員都必須住在紐約五個行政區的範圍內。這個隱含的原則很合理，想法是你雖然只是在工作時間內為這座城市值勤，不過你全天候無時無刻都能為市民提供服務。

還有個附帶的規定是要警察隨身攜帶配槍，不管是執勤時間還是下班時間都得這麼做。你可能在D'Agostino's買一條麵包，當下你一心只想著回家要做的三明治，但如果某個拿彈簧刀的孩子要搶劫收銀員，那麼你當場就能轟爆他的頭。

或是類似的情況。

我會說，這會讓人習慣。有人就說沒有槍貼著屁股，感覺就像赤身裸體一樣，而且還真是如此，因為你唯一沒帶著槍的時刻，就是當你脫掉衣服的時候。這是種誇飾，其實一旦你跨過自家門檻，就不需要帶槍了，然而你並不會每次一回到家就自動卸除武裝。我就是如此，回家後我會先做點別的事情，然後再把槍從皮套裡拿出來，放到高腳衣櫃最上層的抽屜裡。不過有些時候我會忘記，先看看電視或和男孩們玩耍時才想起自己還帶著槍。

如果你邀請我到家裡吃晚餐，我會帶著槍出席。過了幾分鐘後，我可能會把槍從皮套裡取出來，放到某個適合的平面，像是桌面或書架上。這是一種儀式，有著隱含的訊息：*我在這裡很放鬆，我可以放下警戒，就像在我自己家裡一樣。*

這方式不是我發明的，我看過其他警察這麼做，然後我推敲後也在合適的場合套用這個方法。在社交情況我也許會選擇這麼做，也許不會，而這讓我能讀出自己的情緒。如果我遲遲不卸下武器，那麼也許是在告訴我一件事。也許我在你身邊並不像我以為的那麼自在。

∞

當我放棄一切，包括這份工作和連帶的所有事物，確實讓我花了一段時間才適應。身上沒有武器是要適應的事情之一，不過不是最主要的部分。我認為比起皮套裡沒有配槍，我更在意的是沒帶警徽和不再是執法人員這些事。

當然，身上沒帶武器讓我不習慣，還有一種可以想見的脆弱感，和一種能抵銷負面情緒的解脫感。上次我掏出左輪手槍時開了槍，儘管我有充分的理由，但結果卻是好壞參半。

之後再講這件事，我想我們終究會提及，雖然我一點也不期待。

∞

安妮塔二度懷孕時我們搬離布魯克林，不過驅使我們一路搬到拿索郡的，並非多一間房間的需求。我當時的薪水很不錯，偶爾會加班，而且無論是穿制服或是便衣，我和搭檔都持續從與紐約市無關的來源得到未公開的收入，因此我能負擔一間更大的公寓，在那同時我岳父對於一間剛上市的房子很感興趣。

那間房子位於本森赫斯特，就在灣脊區大道上，距離他的房子走路大約五分鐘。那是一間雙層公寓，原是喬治·雷姆鮑爾朋友的家，他最近出售他的電器行，計畫要搬家，等他和他太太在佛羅里達和亞利桑那之間做出抉擇後就會遷離。

對方向我保證價錢很便宜，二樓有一位能信賴的可靠房客，一樓則全歸我們使用，包括客廳、一個大廚房和三間房間。對於我們來說空間很大，而且地點十分便利。

我最不希望的，就是和我的岳父岳母拉近距離。誠如我們的狀態，我們一週去他們家吃一次晚飯，還有只要找到藉口我就會設法錯過的無數聚會。而且我時常回到家時發現他們其中一人或兩人都在，帶點東西給麥可，或是帶點昨晚吃剩的焗烤千層茄子給我們，頻率有點太高。

他們倆沒有任何理由讓我不喜歡他們，不過沒有他們我也會過得很好。我發現岳母是那種很需要關懷，而且有控制慾的人，而對於喬治，我只是單純不喜歡他。儘管沒有確切證據，但我認定他是會打老婆的人。我注意到，他們相處的某種模式和我跟文森在公園坡所見的形形色色的夫妻頗為類似。

我說不上來是什麼讓我有這種感覺，喬治不太喝酒，而且我猜想警察也從沒接獲報案而出現在他家。我並未在岳母臉上看到過任何痕跡，她也沒有瘀青或骨折。我沒直接問安妮塔，這個棘手的問題從沒被提起過，不過有一、兩次我確實有把對話導往那個方向。

有一次我逮到機會跟她聊起我和文森經手處理的家庭糾紛案件。「這很驚人，」我說。「你會驚訝這種情況竟然這麼普遍。很多家庭看起來就像《天才小麻煩》和《妙爸爸》裡的情節，不過當你仔細觀察，你會發現家裡那男人其實很愛動手動腳。」

沒有回應。也許真的沒什麼，也許他真的就像表面看來那樣，一個老實的市民、令人尊敬的先生與父親。也許只是我自己想把他想成最糟的狀況。

我記得有一次對話，大約就在麥可出生的那段時間。「你答應了，對吧？讓他們信天主教？」我答應了。如果我改變信仰，牧師會很高興，不過他至少對於我許下的承諾感到滿意。喬治在路德教會長大，仍做了相同的事。「這沒什麼了不起的。」他向我保證。「只是代表她會去讀聖阿塔納修斯文法學校，那樣很好，那是一所好學校，而且到了那個年紀，你會寧可讓她和同儕在一起。然後我們會把她送去念公立高中，因為我和我那信奉天主教的太太最不希望的事，就是讓小孩有想當修女的念頭。」

絕不可能，我心想。

「不過這些都是廢話。」他說。「你不需要相信這個信仰，小孩也是。你假裝附和，你的孩子也跟著假裝，一切都會很順利。」

這就是難得和我分享祕密的喬治。你知道嗎？即使完全沒有證據，也沒有現在還活著的人表達不同意見，但我仍認為這個婊子養的會打老婆。

∞

我們運用最容易的方法搬到西歐榭。赫伯·波蘭德是比我資深一、兩年的警察，他幾個月前搬到那裡，邀我們週六共進晚餐，在他家後院烤肉。他帶我們參觀房子、街區和學校。搬家前，他和太太以及小孩住在海洋公園街區的岳父母家，那裡一直是他在紐約警局的正式地址。「所以我們還住在布魯克林，」他說。「只不過實際上並非如此。愈來愈多人這麼做了，因為有愈來愈多的老街區……呃，你知道的。」

或者就如同我的岳父所說，你會寧可讓孩子們和同儕在一起。

最容易的方法。我們就只找西歐榭的房子。波蘭德幫我介紹一位房仲，他帶我們看了當地的六間房子，對我而言那些房子全都看起來大同小異，不過安妮塔有她的偏好，房仲說他認為開價五萬九折成交的機會很大。「不過不要用整數。」他建議。「九折的金額是四萬五千元，不過要出價，嗯，四萬四千六百九十三元，這個數字看起來像你用某種祕密公式計算過，而且你沒有要讓步的意思。」

我按照他的建議做，雖然對我而言這根本沒道理，賣方回應他能接受四萬五千元整。我同意，於是就這麼成交了。

∞

我原本可以用雷姆鮑爾的房子當正式地址，但我從來沒有考慮這麼做，反而回去找加菲爾德的房東太太，想看看是否有可能租下我之前的公寓。那裡已經租不到了，不過她幫我介紹給一位朋友，對方在波希默斯街角有適合的地方。

那裡很方便，我可以放些換洗衣物在那裡，也能在冗長又炎熱的某天在那裡快速沖個澡，甚至躺下來小睡一下。如果我們當天要值兩份班，我可以直接在波希默斯睡一晚，省下通勤的麻煩。或者如果有事情我得待在城裡、在麥迪遜廣場花園有球賽、和幾個警官同袍在城裡度過狂歡之夜，或是如果時間太晚趕不上最後一班地鐵，和我喝太醉而無法開上高速公路的情況。

還有如果我帶別人回家，嗯，那是我的事，不是嗎？

我從沒回去找那位住在卡羅爾街的紅髮女子，當我和安妮塔許下誓言後，某樣東西就改變了，我希望像那樣的小失誤是過去式了。

∞

我記得有一次我和文森去敲一戶人家的門，一位女子目擊一場駕車肇事逃逸事故，當時駕駛闖紅燈後撞死了一位年邁的行人。（我剛好記得那位受害者六十二歲。嗯，在那時似乎是老人。）我們的這位目擊者邀請我們進門，小跑步去拿一盤餅乾，然後回答我們的問題時沒給什麼有用的資訊。我們一離開那裡，文森就說：「我想你也注意到那裡有好康的，如果你想要的話。」

顯然過程中，女子朝我做了些言語的暗示和別有用意的眼神，而且明顯到讓我的搭檔看出來，這位目擊證人不介意多了解我一點，不過這一切我渾然不覺。

「我覺得你是真的不玩了。」文森說。「否則你不可能沒感覺到。」

我想我是不玩了，不過到頭來這個遊戲更像是美式足球或籃球，而不是棒球。即使不再玩這個遊戲，也不代表你不能從板凳區再重回陣容中。

∞

我並未帶很多女人光臨我在波希默斯的公寓，在我租下那裡的許多年來大概四個或五個吧。如果能讓我選，我會選擇到她們的住處，可是能這麼做的機會也不多。不是我主動追求這些女人，而且我不覺得自己有那麼迫切需要女人，不過我想我就像坦慕尼協會那傢伙一樣吧。我看到機會，並把握住了。

第一個機會出現在我們搬到西歐樹的幾個月前。當天我剛值完平淡無奇的一輪班，寫完大部分屬實的報告，和幾位同袍喝了些酒。「我最好回家了。」我告訴他們，然後往我們的公寓走了大約一個街區，這時我發現自己駐足在一間看起來頗有趣的酒吧前面。後來我在那間酒吧裡和一位當律師祕書的女子聊天，發現她的頂頭上司曾為我和文森因重傷害罪逮捕的混混辯護，我被傳喚出庭作證時，她也在法庭上。

「你在交叉詰問後維持相同說詞，」她說。「我們就知道死定了。」

後來她說了些抱怨點唱機的話，我說我們可以找個安靜一點的地方，於是她直接看向我的左手無名指。「這要不是偽裝，就是你已經結婚了。」她說。

「這是可以騙過大多數人的偽裝。」我說。「不過我很高興你直接識破了。」

她有翻白眼嗎？也許有。接著她起身，我跟著她離開酒吧，和她一起回家。過了一、兩個小時，她觸摸我的婚戒，說：「噢，反正這也不是第一次了。」

對我來說是第一次，不過她不需要知道。

我不太記得當時是什麼感覺了。罪惡感？我想沒有。我知道自己跨越了一條明確的界線，不過真正改變的，似乎是我看待自己的方式。在此之前我是個忠誠的丈夫，不過當時的我並未被測試過忠貞程度，而現在，我已不再符合這個類別了。

我傷害了安妮塔嗎？如果她不知情就不會，而且她肯定不會從我這裡得知。

∞

不過那絕對不是在波希默斯租公寓的重點，而且我從來沒帶任何人去超過一次。如同我先前所說的，那裡是讓我打發時間、可以小睡一下的地方，也是在我有理由要避免開長途夜車回家時，一個讓我舒服過夜的場所。

不過我之所以幾乎每天都去報到，是因為我需要查看電話答錄機。

我在租下這個地方時並未預想到會有這種情況。我沒預期會裝電話，更別說是一個能接起電話並錄下訊息的裝置。這都是我從制服警察升格為便衣警察的後果，而且也許要歸因於我們曾接下的一項任務，那就是在展望公園西區的肅清活動。

我在那裡和街頭應召女郎、皮條客和其他依附者談話後學到的，是很多人天生就知道的事，那就是人就是人。這不是警校會教你的事，也不是你開始穿著藍色警察制服走來走去就會頓悟的道理。反之，你會發現自己開始把人類分成兩種：好人和壞人。

警察用語是市民和嫌犯。

警察制服能進一步證實這個觀點。你所到之處，好人看到你會感到安心，壞人則會避免和你眼神接觸，而且會慢慢往出口走。好人和壞人，市民與嫌犯。要分辨這兩者不是很困難，而且你會相應找出相處之道。

當你把制服束之高閣、穿著羅伯特霍爾服飾店買的西裝到處走的時候，這一點就改變了。我很確定自己仍然像個警察，而且在我繳回警徽和配槍之後依然如此，甚至到現在，過了將近半個世紀，當過警察的某些痕跡依舊清晰可見。伊蓮說是我看人的方式，彷彿我有絕對的權力能一直盯著他們看，彷彿注視別人、打量別人是我的職責一樣。我覺得自己已經很少這麼做了，不過三不五時還是會，所以我知道這個習慣已然在我的骨子裡根深柢固。

這麼做的確可以觀察到很多細節，不是嗎？

穿便衣時，我不認為自己的觀察力有減少，不過我發現此時我會和別人交談，而且比較不去在意好人與壞人、市民與嫌犯之間的分界。我注意到文森和賣淫者說話的方式，多半是在街頭工作的女孩，還有在遇到皮條客時的對應。他們有些人看起來身分很明顯——過大的紫色帽子、深色或鏡面太陽眼鏡、菲爾克朗菲爾德的西裝、加長低底盤而且大多帶尾鰭的敞篷車——不過也不是所有人都符合這個形象。常見的分母是種族，他們都是馬哈菲可能會稱做挪威人的族群。

我後來得知皮條客並不是非裔美國人專屬的職業。我遇到過一些白人皮條客，而且從不只一個線報來源聽聞，自治市公園有個十分機警的哈西迪猶太教（譯註：Hasidic Jew，為猶太教正統派的一支，信奉此教的男性身著黑色長外套配上黑色高帽，兩側鬢角蓄辮子，並蓄著濃密的深色長鬍。在哈希迪族群中，主要使用意第緒語（Yiddish））人，兩側鬢角蓄辮子、留著落腮鬍、頭戴黑帽等特徵，他在米德伍德M大道的房子裡養著六個女孩。如果他不存在，那麼他至少會是歷久不衰的城市傳奇裡的主角。

我漸漸了解一件事（而且我認為任何胸襟開放的人都會比我更快理解這件事），那就是賣淫的女孩也是人，那些經營賣淫事業的男子，以及付錢購買這項服務的男人也都是平凡人。他們都只是打好自己手中的牌，過好自己的人生，還有，嗯，盡力做好自己的本分。

況且，其他人有做什麼更神聖的事嗎？我不知道去過幾次戒酒無名會，不過次數必定頗多的，會中聽過很多人訴說他們的故事。許多人對自己的父母頗有微詞，那些父母許多都未能扮演好他們的角色。完全忽略孩子，心理、身體虐待和性侵害到令人震驚的地步，諸如此類。

但結論幾乎都是爸爸已經竭盡所能，或者是媽媽，也可能是兩者，而且這個竭盡所能之說並非只適用於父母身上。

所以我們每個人都在竭盡所能囉？

不屬於一般情況的例子令人難以接受。那位明尼亞波里斯的警察將膝蓋跪在一名男子的脖子上，他也在盡力做好他的職責嗎？泰德．邦迪（譯註：Ted Bundy，美國連續殺人犯，於一九七三年至一九七八年曾犯下至少三十起謀殺案）是嗎？希特勒呢？

也許吧，也許這只是人類普遍的情況，也許無論一個人做什麼，無論多麼令人髮指，都仍是此人利用現有資源做出的最佳表現。

或者不是如此。我又知道什麼了？我連第三年的拉丁文課都沒上過。

∞

我要說的是，之後我開始和街上的人交談，包括應召女郎、皮條客和其他依附者。我讓他們知道我對很多事情都有興趣得知，他們也許可以藉由和我分享資訊為自己賺得一點好處。

換句話說，我在設置樁腳，或者你可以稱之為線民。在文森的職涯裡，絕大部分時間他都在布魯克林街頭做相同的事，而且他在社區鄰里間已經建立了相當豐沛的人脈，而我正是在仿傚他。

有一段時期什麼也沒發生，我猜想自己只是在浪費時間，以一種奇特的形式。接著有一天，一個下游大麻毒販對我使了個眼色，說：「這話你不是聽我說的。」接著他告訴我一位未被指認的槍手姓名，該槍手走到一輛在六街與第七大道轉角等紅綠燈的別克里維埃拉旁邊。現場有兩位目擊證人看見他朝駕駛的頭部和胸腔開了三槍，車上只有駕駛獨自一人，接著槍手迅速穿過馬路，坐上等著他的另一台車。

黑人、黑衣、中等身材。那兩位目擊證人就只能提供這些資訊，而且對於那輛接走他的車輛唯一的認知就是它有四個輪胎。受害者是一位生於亞速爾群島的葡萄牙後裔，在距離犯罪現場半哩處開了一間洗衣店，住處就在那間店樓上。沒有逮捕紀錄，除了違規停車罰單之外並無任何違法紀錄，鄰居對他也沒有負面評價，唯獨有位女士抱怨他的店裡充斥著他抽的便宜雪茄的味道。

我們並未經手那個案子，而是幾位制服警察第一時間到現場，接著由我們分局的警探著手調查，不過調查不出個所以然，之後又由布魯克林重案組承接處理。受害者的生活看起來清白無疵，婚姻關係似乎和樂融融，沒有人有任何理由對他做出不利的行為，更別說把他的腦袋給轟了。

「找錯人了。」我的線民說。「找錯車了。有個傢伙在一場古柯鹼交易中把兩個人燒得很慘，不過那是另一輛車的另一個人。這個蠢蛋殺錯人了，現在他想拿錢，可是殺錯人了誰還會付錢給他？他在外面繼續要找對的人殺，可是那個人可能現在已經開著他的別克里維埃拉逃到喬治亞州去了。」

這是我記得的部分，而且就這個案子而言，我已經比任何人需要知道的還多了。我把所知告訴其中一位原先負責的警探，不過沒透露我是如何得知的，那位警探再把消息告知布魯克林重案組的警探。我們一致認為像這樣的案子只能用這種方式破案，由某人密告犯罪者的身分，因為奧利維亞先生和那位槍殺他的人根本毫無關聯，他們倆可能都只是在盡自己的本分。

∞

除了那位槍手的名字和動機之外，我的線民還告訴我他最可能藏匿的地點，以及協助槍手逃逸的那位駕駛的相關資訊，因此兩名男子很快就被拘捕。那位槍手還沒把作案的槍處理掉，他認為再找機會槍殺對的人時，這把槍還用得上，因此他想完成這項任務，並確保拿到報酬。

事情就是如此。同時他的幫凶預見未來會發生什麼後決定認罪，並出庭作證指認槍手，最後槍手大聲與他的辯護律師爭論。「告訴他們我犯的是無心之過！我開槍殺錯人了！」

這是他的辯護律師拒絕採取的策略，但卻讓這個新聞登上了八卦小報和當地新聞，而這足以讓那位律師要求審判無效。機會渺茫。陪審團出來的時間根本連點個三明治吃都不夠，判決結果是終身監禁，而且不得假釋。如果他還活著，很可能還在監獄裡蹲。

有趣的是，他的辯詞，也就是聲稱這是無心之過的說法，的確曾有一次奏效。我聽說那是在美國西部拓荒時期，十九世紀末期，有個男人和妓女在飯店房間裡，這時另一個男人破門而入，帶著兩把槍闖進來猛烈開槍，直到兩把槍的彈匣都清空為止。他沒打中原本意圖要殺的人，反而射殺了那位女性，隨後他被逮捕，並被指控謀殺那名女子。

他發誓自己無意殺害她，他根本不認識那位女子，對她毫無敵意。法官同意謀殺必然包含意圖，而被告顯然並無任何傷害受害者的意圖，他的目的是要殺害她的同伴但卻失敗了，因此他所犯下的唯一罪行是破壞了一扇門，而且檢方不予處理對他的這項指控。無罪結案，下一位！

我不能保證這件事真實發生過，而且聽起來的確有點太夢幻，不過確實不無道理。

∞

我描述的這則內幕來自我和搭檔一起培養的線民，於是文森和我雙雙獲得表彰。文森對此很感激，告訴我這都是我的功勞。「我從來沒注意過那個混混。」他說。「他總是在那裡，而且賣的多半是大麻，他肯定是自己的最大客戶，因為我每次看到他，都是神志恍惚的樣子。就算有東西在他前面倒下，你也不會期望他發現。」

我說我認為我的線民可能隨時都吸毒吸得飄飄欲仙，不過也許他實際上並不像你覺得的那麼神志不清。

「有些酒鬼也是這樣。」文森也同意。

而且那位線民其實什麼也沒看到，他根本沒到轉角或到任何靠近槍擊現場的地方。他是從一位認識的女人那裡得知消息的，而那位女子剛好也認識槍手。

「她和兩人都發生關係，」我說。「她是線民的女朋友，那位槍手想追求她，於是線民吃醋了。」

我最後得到的除了表揚之外，還有對於培養消息來源的價值堅定不移，因為你永遠不會知道誰可能會發現某個有用的消息然後告訴你。所以我愈來愈常待在某些地方，在那裡我所遇到的人有機會告訴我某件我感興趣的事。

如果我是證券交易委員會的調查員，我想我會在銀行、經紀商和董事會會議室找到像那樣的告密者，而且他們可能就和我那些賣淫者、小偷、醉漢和癮君子一樣有趣。

或者也許不是。

對我來說，一下班就去某個地方喝一杯是稀鬆平常的事，而我漸漸開始找一些不正派的酒吧，而且花更多時間在那裡。有些晚上我會待兩小時、三小時或更久。

很多時候我原本應該與老婆和年幼的兒子共處，但我沒有，反而是和一些，嗯，不光明磊落的人混在一起。

我告訴自己這是工作，而且這的確是。我不能報加班，擺在吧台上的錢也無法報公帳，不過我是把錢花在刀口上。往好的方面說，我這是在建立關係、擷取訊息，至少至少我可以喝上兩杯，而這麼做似乎一向都是好主意。

不然我還會在哪裡？家裡嗎？

如果你問我，而且如果你找對時機，那麼我會跟你說我對我老婆很滿意，我很高興我們結婚了。我還可能拿出皮夾，給你看我兒子的照片。

這麼說很貼近事實了。這些完全是實話嗎？不是，絕對不是，不過滿接近了。

所以為什麼我下班不回家呢？因為我投注那些時間，好讓我在工作上的表現更好一些，這不是對每個人都有益處嗎？

∞

以當今的語音信箱來說，我在波希默斯住處所用的電話答錄機簡直就是原始設備。它會播放我用活潑語調錄下的訊息：「嗨，我不在，無法接聽你的電話，請在嗶一聲之後留下你的姓名和電話，我會盡快回電。」接著是嗶一聲，然後答錄機會錄下接下來五分鐘左右來電者所說的話。

如果我想聆聽一則訊息，我就得親自在答錄機前面按下按鍵，播放訊息之後我可以選擇保留或刪除。現在可能早就有設備能讓你遠端聽取答錄機的訊息，而且那樣會很方便，不過我當時用的不是那一種。

當時只要是電話答錄機都會讓來電者感到意外，起初大部分打給我的都不會留言，不過有些人則會在嗶聲之後繼續聽下去，等個一、兩分鐘看看會不會有事情發生。

有一次我在回西歐樹的路上，想先到波希默斯繞一下，不過竟發現答錄機全滿了。這都是一名女子的傑作，她迫切地想聯絡到住在麥斯佩斯的姐姐，但她卻一直撥打到我的電話，也許正是因為她打個不停，我可以感覺到她的耐心漸失、挫折感遽增的情緒。「你一直說你不在不能接我的電話。如果你真的不在，那為什麼你還一直接起電話？」還有「我知道這是你的電話號碼，你這個愚蠢的婊子養的！我一向都是打這個電話，怎麼今天會換成你來接呢？什麼毛病啊你？」諸如此類。

真正會打電話給我的少數人是從我發的名片上得知我的電話號碼。我在警局附近幾個街區的地方印名片，印個一、兩百張，總之就是最低印量，上面印的文字也是最精簡的──我的姓名、電話號碼，以及請留言這三行字。

我是從布魯克林重案組的一位警探那裡得到發名片的靈感，當時他給了我一張名片。我不認為我會有理由打給他，不過他是據我所知第一個有名片的警察，這讓我印象深刻，而且在我們搬去西歐樹的時候，我就發現這一切可以兜在一起，名片、公寓房間、電話和答錄機。

現在幾乎所有超過十歲的人口袋裡都有手機，每一個新來的巡警也都能從警局提供的十幾種設計版型裡挑選一款名片，訂個幾百張備用。

即使根本沒什麼人打電話給我，我還是認為發名片對我很有幫助。我在街頭巷尾和酒館裡的很多談話，事實上都是一種邀請，讓他們在想到任何事情時都能告訴我，或者任何他們想傳達的機密訊息。我的名片是他們能從這些對話帶走的東西，某樣實際存在的物品，讓他們隔天在皮夾或口袋裡看到時能想起我們對話的那一刻。
偶爾我會收到像這樣的留言：
「呃，是在停車場的比利。如果有機會的話。」
或者
「不說是誰，不過有人應該去注意一下羅傑．麥卡爾平在七街的那個東西。是高羅傑，跛腳羅傑，你知道我說的是誰。」
類似這樣。

∞

大約是搬去西歐榭的第一年，有人建議我考慮接受警司測驗，這是能在部門裡升職的方法，職等愈高，薪水就愈高。一般警察是加入巡警福利協會，警司則有自己專屬的工會，顧名思義就叫警司福利協會，而且可能比巡警福利協會更有影響力一些。
起初我以為這件事我肯定力有未逮，不過後來我看了幾頁範例題目，發現其實不難。有些事情你得知道，而且那些內容會需要花幾個星期K書，不過對我而言，大部分考題都是高中閱讀測驗水平。如果你能讀懂一定程度的複雜段落，也能理解所讀的文字，那麼紐約市就會準備好遞給你轄區警局的鑰匙，或者至少給你一個坐櫃檯的職位。
我告訴文森我在考慮這件事。「比爾．華許說我應該去考。」我說。「而且愈快愈好。他還留著之前準備考試用的閃卡，說我可以跟他借。」

華許是七十八分局的行政警司，比多數人容易親近。文森回說：「閃卡。」

「他說那些很有幫助。」

「我看過一次題目，不是因為我覺得自己可以當警司，也不是因為我想當，而是出於好奇心。我看到就頭痛了。」

我懂他的意思。有一題和當警察沒什麼明顯關聯，只是列出一堆事實：蘇珊年紀比馬克大，不過比瑞塔年輕。五年前，馬克是雪莉年紀的一點五倍。瑞塔的弟弟比雪莉的妹妹大一歲……

「你能通過的。」文森說。

「我不知道。」

「可以，你有天分。你能把問題拆解開來，想出答案。那些比較困難的題目，你得念書才會的東西，你和安妮塔就可以用那些閃卡來準備，把它背得滾瓜爛熟。你會得付出努力，不過那就是重點所在。你做得到的，你會使出拿手絕活，一屁股坐在椅子上，然後通過測驗。」

「也許吧。」

「然後呢？」

我不懂他的意思。

「你通過了考試。」他說。「而且也許是高分通過，那讓你成為一位警司，等有職缺時你就在名單上。『史卡德警官，一二二分局有個警司的職缺。』那就在斯塔頓島的海蘭大道上，別問我是怎麼記得地址的。『史卡德警官，如果你想要這份工作，那麼這就是你的了，或者你也可以等皇后區哪個偏遠郊區有職缺的時候。』」

「我不認為……」

他不理會我要說什麼，揮揮手說：「馬修，他們最後很可能會把你派到無關緊要的地方，就從西歐榭方不方便通勤而已，而且很可能也只是暫時性的，因為過幾年當你繼續考警督測驗時，他們可能又會把你調去別的地方。因為這就是目的所在，不是嗎？讓自己有所成就，往上晉升。」

「你認為這不是個好主意？」

「我認為這是警察不斷晉升的方式。你喜歡比爾．華許嗎？」

我說我滿喜歡他的，我和他並不熟，不過覺得他是個好人。

「你想當比爾．華許嗎？每天早上進警局，坐在辦公桌前，做他在做的事？」

我從來沒想過這件事。

「你和我做的工作，」他說。「是到處走動，開車晃一晃，敲市民的門，有時直接用踹的。我們四處走訪，做警察該做的事。那些警司、警督和高級警督們做的事，是監督我們是否有好好做事。你接受警司考試，就等於選擇不當基層警察，而是當基層警察頂頭上司這條路。那很重要，如果沒有部門的管理和行政工作，我們就會像斷腳一樣。」

他繼續說，不過我沒仔細聽，而是想像自己身為一個和我長期以來所扮演的角色截然不同的身分，而那基本上是行政工作的角色。我不會再沿著展望公園巡邏，遞出我那最低印量的名片給妓女、皮條客、癮君子和無法分類的混混。

我不會再做那些事，而是幫兩個互為搭檔但產生摩擦的警察調解糾紛，並處理市民對認真開立違停罰單的女警的投訴，以及調整班表，好讓一位警察早上能告假去參加喪禮，另一位警察又能出席在揚克斯舉辦的婚禮。

「而且你會遇到一種情況。」我聽見文森說。「到頭來所有事情都和屁股有關。」

什麼？

「要踢誰的屁股，還有要親誰的屁股。」他說。

辦公室政治。我想都沒想到這個層面的問題，不過當然那會是工作的一環。要順遂就得隨波逐流，跟著玩這場遊戲。

我說這些我全都不想要，我只想當個警察，繼續做我正在做的事。下次有人再問我關於警司考試的事情，我會說我沒興趣。

他搖搖頭。「你要說，也許等家裡的事情安頓好一些之後再開始念書準備考試。你不想讓自己聽起來像是缺乏企圖心的人吧。」他說。

「即使的確如此？」

「你的名片上說的可不是這麼一回事。」

「上面只有寫……」

「上面寫的是有個男人利用下班時間為自己安排線民，好讓他能破解一些根本還不存在的案子。那不是企圖心是什麼？」

「也許我只是不想回家。」

「不回家還有很多更容易的事可以做。你家在天殺的長島，你大可以在高爾夫球場打發時間，然後用工作的一半時間聊高爾夫。」

「像西蒙斯那樣。」我說，點名一位我們都認識的警察，他想成為薩姆．斯尼德（譯註：Sam Snead，美國職業高爾夫選手，曾贏得八十二個PGA巡迴賽賽事，被譽為史上最偉大的高爾夫選手之一）。

「那天他說了什麼？『所以我迅速掏出我的九號鐵桿。』」

「聽起來像妨礙風化罪。」

「老天，真的很像。馬修，你有企圖心，不管你自己知不知道，你是想成為警探的。不要告訴我你從來沒想過這件事。」

「我想過這件事。」

「你當然想過，你是巡警，你會遇到一些事情，然後發現它們有趣、重要或複雜，然後下一刻某個小丑警探就這麼從你手中接過這個案子。『非常感謝你，警官，我們會讓你知道後續結果。』這種情況不用發生太多次，你就會開始想成為那位小丑警探了。」

我說我不知道該怎麼做才能辦到，他說我應該知道，要成為警探並不需要考試，也不需要填申請表。

「你要做的，就是你一直以來在做的，按照以往的做法就可以，不需再多做努力了。」他說。

「好。」

「還有要少惹麻煩。你獲得的表彰可能因為任何負面的事情就被一筆勾銷。在酒吧和街頭巷尾勤快走動，不過一有麻煩要趕快離開。你是喜歡喝一杯的人。」

「值勤時不喝。」

「從來沒有過？」

也許一次或兩次。不過文森自己……

「我哪裡都不會去了。」他說。「我是年資快滿二十年的老鳥巡警，不會再有晉升或升職的機會，如果偶爾我喝一杯，也不會有人覺得這事有必要引起注意。但對你而言，值勤時就連一杯啤酒都不能喝。」

「好。」

「就算下了班或在喝酒的時候，你也不能做違法的事。我個人的想法是，你問題不大。我看過你喝酒很多次，不過沒看過你腳步不穩、說話太大聲或一直重複。」

「老天，我希望我沒有。」

「不過如果要擔心的話，比較會是你開長途車回到那個叫什麼的家。」

「西歐榭。」

「在長島公路上疾馳，試圖省下一些時間。你被攔下來過幾次？」

「沒有記錄。」

「一次？兩次？」

「兩次，兩次都是因為飆車。」

「超速。」

「有一次我開的比速限高出十五哩，另一次我只是跟上其他車子的速度，不過我想那傢伙應該是缺業績。」

「然後兩次你都亮出警徽，為自己超速道歉，讓專業禮數解決了問題。大概是這樣嗎？」

沒錯。做為一名執法人員會有某些附帶好處，其中一項就是違反交通規則時通常會獲得豁免。那是很久以前的事了，不過我猜現在也不會改變太多。如果你發現闖紅燈的人是你的警察同袍，你還會開他罰單嗎？不，也許不會。

「如果你撞到了某樣東西，」文森說。「任何一樣東西，那麼這條堅實的藍線（譯註：由於多數執法單位都使用藍色做為制服或代表色，因此「藍線」（blue line）常用來象徵執法人員為了讓社會免於暴力與混亂的防線）會瞬間產生裂縫，因為無論是誰經手都別無選擇。即使某個混蛋在東行的車道上逆向行駛、突然撞到你，現場負責的員警還是得對你做酒測來保護自己。然後你的酒測不會過關。」

所以不要超速，也不要違反交通法規，因為你總有機會碰上不認為警察應該要互相照應的同袍兄弟，而且他可能對紐約警察以及紐約客更嚴厲。還有幾件事情要注意——最重要的是，如果你覺得自己已經夠醉了，就不要開車去任何地方。如果你一定得回家，那麼搭火車吧。千萬不要讓自己在駕駛座上冒不必要的風險，直接回你的公寓過夜。

因為那不就是你每個月付房租的真正目的嗎？你不需要一個機器幫你接聽電話，你可以假裝自己是演員，幫自己弄個代客接聽電話服務。那些你想要一夜情的女人多半都有自己的家，而如果有緊急狀況，你可以找個便宜的旅館下榻就好。

可是如果你真想好好睡一覺消除宿醉，確實需要有個地方可以躺下來。

∞

這是很好的建議，我一聽就覺得很有道理，所以我謹記在心，遵循不逾。大部分時候。

不是百分之百，因為一旦瓶子裡有威士忌，就很難做到百分之百。誠如人們所說，男人先是喝了一杯酒，接著那杯酒讓他又續了一杯。即使他就此打住，在接下來第三步被酒精控制之前就不再喝，情況還是很容易失控。

有時你會忘了你該做什麼，有時你會記得，然後告訴自己這次是例外。僅此一次，你會好好把握今晚。僅此一次，你會開車回家，即使你知道這麼做並不妥當。

僅此一次。

我曾經被逮到，但逃過懲罰。我記得另外還被攔下來三次，一次是在我自己的布魯克林轄區，兩次是在長島公路上。七十八分局的兄弟攔我下來之後向我道歉，說沒認出是我的車。在長島公路上，專業禮數兩次都讓我安然過關，沒問題，祝你有個愉快的夜晚。

有一晚我在一條岔路上發生擦撞，另一個可憐的婊子養的喝得和我一樣醉。他認為這起事件全都是他的錯，但事實上可能百分之六十歸咎於我。我說我是警察，他以為我要逮捕他。我們最後達成共識，雙方車輛的傷害都很小，所以重要的是我們要找一條毯子，把整起事件掩蓋起來。所以他走他的路，我走我的路，不嚴重，無傷大雅。

那次的碰碰車插曲讓我注意到自己的狀況，還有其他事件可能也會危及我想成為警探的目標，但開車速度超過隨意訂定的速限並非全然是危險的，同理在高於酒測值的狀況下開車也是如此。只是一些數字而已，就可能為我惹來麻煩，可是我有做什麼傷天害理的事嗎？

不過有一次我撞到一輛車。撞擊的程度不嚴重，我的車撞得比對方慘，不過我們兩人都毫髮無傷，所以如果要說撞車事件，那次可以稱得上。

我想我從中學到教訓了。我不敢說那次之後我就完全沒有酒駕過，不過至少我從未涉及車禍案件或吸引警察注意，至少在我晉升為警探之前都沒有。成為警探後，一切對我而言又更如魚得水了。

因為你開車的行為也許可能妨礙你升遷，不過卻無法撤銷你的身分。一旦成為警探，不法之事要做得夠多才會讓他們把你的警徽收回去。

所以你可以說我很幸運。

∞

幸運。

今天是二〇二二年九月七日，是我的生日。無論我在寫什麼，我都已經開始寫了十或十一週，而今天是我出生的第八十四年。伊蓮問我生日早餐想吃什麼，我提議可以來點特別的，到對面的晨星餐廳吃。我們坐在戶外桌，她點了法式吐司，我點了藍莓鬆餅，我們一起分著吃，搭配柳橙汁和咖啡。伊蓮做的法式吐司比晨星餐廳的廚師還好吃，鬆餅也是，不過藍莓倒是很美味。太陽出來了，但空氣仍帶點舒服的涼意，微風從哈德遜河吹拂而來。如果這樣不叫完美早晨，應該也相去不遠了。

接著我們回家，我坐在電腦前面讀著昨天寫的內容，我通常都是這麼開始寫作的。我讀到最後一句話：所以你可以說我很幸運，我思忖了一會兒。

接著我按下兩次輸入鍵，寫下：幸運。

我就是寫到這裡。

我有時會告訴自己，設想什麼事情原本可能發生，這件事根本毫無意義，因為它並未真正發生，不是嗎？真正發生的事，昨日的洪流幻化為今日的種種，呈現無可避免的樣貌。無論一個人的命運是否寫在星星上，當下的現實都不可磨滅地寫在此時此刻。

毫無意義這一點可以和詩人約翰・格林里夫・惠蒂埃〔譯註：John Greenleaf Whittier，美國詩人，擅長描寫新英格蘭農村純樸的生活，也曾積極投入廢奴運動，並以詩歌表達對於社會暴力的不滿〕相呼應：

> 世界上所有悲傷的話語與文句中，

最令人感傷的就是這句話：「啊，那時候應該要這麼做！」

我得用谷歌搜尋正確的文字，並確認這是誰寫的，不過這詩我在高中英語課就讀過了。後來我又整首重讀一遍，超過一百句充滿能量的押韻對句。男孩遇見女孩，兩人對彼此都有不為人知的想法，他們各自走上不同的人生道路，不過並未忘情。現在讀來感覺像蹩腳詩，不過七十年前我可沒那麼挑剔。

我知道當時這首詩非常受歡迎，因此讓布雷特・哈特〔譯註：Bret Harte，美國短篇小說作家與詩人，以書寫淘金熱為主題的短篇小說而聞名〕也寫了一首詩回應，我雖然曉得他的名字，但從沒讀過他的作品。不過我剛才讀到他的改編詩文，呼應惠蒂埃的原作，在詩文中男孩女孩終成眷屬，但卻對彼此產生深刻而恆久的失望之感：

世界上所有悲傷的話語與文句中，
最令人感傷的就是這句話：「啊，那時候應該要這麼做！」
然而更令人感傷的是我們每日所見：
「確實是如此，但不該是如此。」

一個老人要怎麼過日子？我可以告訴你這並不難，有了谷歌和維基百科，還有能迅速分出許多路徑，而且全都導向不同方向的網路世界，一切都容易多了。

∞

我還在想關於幸運這回事。

在戒酒無名會上常常有人說要是自己早點戒酒，不知事情會是怎麼樣。如果他多點自覺，不要執著於不願面對，那麼結果會不會不同？

幾年前，自覺在另一件事情上戰勝了不願面對，我去找聽力師得知自己需要助聽器，對此她和我都不感到驚訝。在我離開前，我推測自己可能好幾年前就應該開始用助聽器了。

「十年。」她回道，接著告訴我平均來說，因為年紀因素讓一個人願意去做點什麼來改善情況，幾乎都要花上十年。

花上十年讓人開口求助，我認為是非常長的一段時間，不過或許在十年前，或者接近十年以來，也是環境噪音開始成為問題的時候。在有些餐廳裡，別人講話的聲音會蓋過自己的說話聲。有些電影和電視節目裡，人們的對話很難聽得清楚，英國的電影和節目尤其是如此。

十年。我應該多早之前就做出明智決定，不再喝酒，並把酒吧的高腳椅換成教堂地下室的折疊椅？

你說什麼？可以再大聲一點嗎？這些噪音讓我聽不太到。

∞

我又回來了。

有事情耽擱，所以我好幾天沒坐下來寫東西了。我滿八十四歲已經過了一週，昨晚我和伊蓮去市中心和雷．古魯留吃晚餐，那間新餐廳就在商業街上，距離雷的家僅隔幾道門。

雷當辯護律師的資歷比我和伊蓮在各自的工作領域還久，雖然已經退休一段時間了——不過偶爾還是會有同事登門造訪，詢問他的意見。「我認為那麼做是想讓客戶信服。」他說。「『硬漢雷的建議』，這聽起來很有權威，不是嗎？而且我用我的智慧獲得一些報酬，不過我的經驗談可能還更值錢。」

那天就只有我們三個，我忘了他何時結束最近一次婚姻，也不記得他前一任妻子的名字。我們這頓晚餐沒喝酒，待的時間比通常沒喝酒的晚餐還長。聊到一半時，他說自己處於兩場婚姻的空檔，我和伊蓮在回家的路上想起這個說法。

「首先，」她說。「不是應該說處於好幾段婚姻的空檔嗎？因為我們在說的婚姻次數是超過兩次？」

我說她當時也許可以這麼問，因為大部分的人都喜歡被別人糾正文法。

「我認為這是措辭的問題，不是文法。總之，我是現在才想到這件事，而且他的說法終究是對的，因為他的確是在最近一段婚姻和下一段婚姻的空檔。我只是在自說自話。」

「好吧。」

「還有我不確定他現在是什麼狀態。『處於兩段婚姻的空檔。』他目前沒有交往對象，對吧？」

「如果有，那他應該會一起帶來吃飯。」

「如果是認真的話。」

「或者如果不是認真的話。」

「要拿她來炫耀。你說的對，我想他是在反諷，而且為什麼我一直想到這件事呢？」

「你很擔心他。」

「他看起來狀況不好，對吧？而且有一次還是兩次他好像說錯話，他發現後想掩蓋過去，不過還是說錯了。」

雷的年紀比我大，不過只大個幾歲。我們都知道自己老了，而且沒那麼常見面，離別時會猜想還能不能再見到面。或者如果我們見面時，其中一人可能會忘了對方是誰。

又是麥吉尼斯和麥卡蒂的情況。

伊蓮比我早認識雷，雖然我不確定他知不知道這件事。他當過一、兩次伊蓮的客戶，也就是說他曾經在伊蓮的床上待過一些時間，然後在她的床頭放些錢。有一回，當雷成為我接下案子的委託人時，伊蓮告訴我這件事，而等到案件解決之後，我和雷成為好友。

他看見伊蓮時有認出她嗎？我不知道，沒人提起過，而且這有什麼關係？

啊，老天。

今早我坐在書桌前想起這件事。我想我讓自己陷在「如果」的世界裡了，納悶自己酒駕可以脫身、不必受罰，這對我而言是好運還是厄運。那會為我的人生帶來什麼不同？發生的事就是發生了。

所以之後的某一天，我會把這段記錄和之前的那段刪減一些，現在我只想繼續寫下去。

不過不是今天。

∞

有那麼一段時期，當警探就是我的綠色大象。

我的父親在我九歲、十歲或也許十一歲時跟我說：「馬修，你想不想賺十塊錢？你不用說話也不用做任何事就能賺到這些錢，只要你在接下來的十分鐘，保證一次都不會想到一隻綠色的大象。」

我想現在人們會說這就是那種「爸爸笑話」。我當時年紀還小，所以真的努力試過了，但我當然辦不到，因為要試著不去想某件事情，必定要能心無旁騖。我讓自己想點別的事情，把洋基隊的棒次想過一遍，還有七的九九乘法，可是到頭來，我還是想到那隻該死的大象，一會兒是森林綠，一會兒又是萊姆綠，甩著象鼻子、拍打著耳朵……

「很奇妙吧？我猜你這輩子從來沒想過綠色的大象，但現在你滿腦子都是它。」

我懂他的意思，而且顯然忘不了這件事。我最後有拿到十元嗎？我能清楚回想起這件事，但不知為何卻記得兩個迥異的結局。一是：「你知道嗎？你盡力嘗試了，而且沒有人會做得比你更好。錢給你吧。」另一個是：「你知道嗎？錢我會把它收回口袋，不過你剛才已經學到人的想法是怎麼運作的，這一門課比十元有價值多了。」

我記得這兩個結局，不過我不確定哪一個真正發生過。也許根本沒有結局，也許他就只是拍拍我的肩膀，到角落給自己拿一瓶啤酒，或者也許是我在腦海中幻想出這兩種結局，並給了它們同等的時間，但它們又共同構成了另一個教訓，就和綠色大象一樣的教訓，那就是關於記憶的一課，還有你對記憶能信賴多少。

我一向知道記憶會對目擊證人的證詞發揮多少作用，這在警校就教過，而且做這份工作也能證實這一點，不過這種事情你總以為只會發生在別人身上。

綠色大象。

自從我習慣在七十八分局看到警探後，我偶爾會有成為警探的想法。他們當然都比我資深，而且身上帶有一股自信與幹練的氣息，這使得他們令人欽羨，同時也遙不可及。

我租下在波希默斯的公寓時，我安裝了電話答錄機、訂購了名片，我告訴自己別去想綠色大象，但與此同時，我就站在那裡，手裡拿著花生試圖引誘出這頭野獸。對我來說，成為警探最好的方法似乎就是讓自己在便衣警察中脫穎而出。

現在回頭看，我不確定這是不是事實。有很多方法可以玩辦公室政治，有時那些方法會奏效，不過我天生不擅長這檔事，也不喜歡玩這個遊戲，更何況我也沒時間，因為我當時忙著做好警察的工作。

那麼做得到了回報，我逐漸發展出一個訊息來源的圈子，主要是我的轄區，不過不限於這個區域。我的努力沒有白費，後來我和文森破獲一個案子，雖然不像《霹靂神探》〔譯註：*The French Connection*，一九七一年的美國警匪電影，內容講述紐約市警察追捕富有的法國海洛因走私販子的故事〕那樣，不過有大量的海洛因被查獲沒收，而且有大批罪犯遭到逮捕，而後經由地方檢察官做了一點尋常的交易與算計，幾個壞人最後被判進入格林海文監獄服重刑。這個案子讓我和文森受到表揚，也讓我們有了一點知名度，因為當媒體聚焦於我們移交案件的警探身上時，文森和我的名字也出現在報紙上了。

後來我殺了一個人，情況為之一變。

∞

如果你要射殺某人，很難找到比魯夫・塔格特更適合的人選了。他來自西維吉尼亞州，根據一家報紙的報導，他的母親可能是美國革命之女〔譯註：Daughters of the American Revolution，簡稱DAR，成立於一八九〇年，為非營利性質的婦女志願組織，致力於推廣愛國主義、保護美國歷史，以及藉由更完善的兒童教育保障美國的未來〕的成員，她的祖先曾在翠登戰役中為華盛頓軍隊效力。

我們涉入彼此人生那年他三十七歲，在這之前，他曾在某間監獄裡吃過十二年牢飯，就我們所知他殺過兩個人。其中一個案件因證人消失而不成立——死了或逃跑了，看你相信哪一個謠言。另一個案件，他因為認罪協商而減輕刑責至過失殺人。

我猜他是個職業罪犯，雖然這算不上什麼職業。他靠著闖空門維生，還有相當於大人搶走小孩午餐錢的那種攔路搶劫。這些行為的積累把他推向了他真正的熱忱所在——性侵害。警方是到一九九六年才開始實施性犯罪者登記制度，那時候，他早就已經死三十年了，但如果時間配合得上，他可能會是創始成員。他在青少年時期開始偷窺別人的窗戶，做些小罪小惡，就這麼一路發現自己真正醉心的，是強行與未成年者發生性關係。

魯夫喜歡小孩，或者該說憎恨小孩。他似乎不在意對方是黑人或白人、男生或女生，而這點相當不尋常。性侵犯者通常會迷戀與自己同種族的人，而且對象局限於與自己相同或相反的性別族群。我後來聽說有一位犯罪者被形容為無差別性變態者，儘管過了這麼多年，這個用語還是會讓我想到他。

那天我和文森值晚班值到一半，我們雖然穿著在羅伯特霍爾買的西裝，不過仍開著黑白色巡邏車，那時無線電告知我們發生了一件明顯的犯罪活動，就在距離我們兩個街區的地址，從公寓的地下一樓傳來尖叫聲和槍聲。文森回報我們會去察看，於是我開車前往該地，抵達後直接並排停車。有一名女子就在那棟大樓前面，為我們指出事發的正確方向。

她告訴我們那是一棟廢棄大樓，不過其中幾戶有人偷偷住在裡頭。我們拔槍走進去，在此之前我從未在靶場以外的地方拔槍，上一次我把槍從槍套拿出來，是為了偶爾一次的例行清理，而且我早已忘了那是何時的事了。不過那時我把槍握在手裡，所幸我有這麼做，因為我一踏進門，映入眼簾的就是一名男子正舉槍對著我。

他扣下扳機，我的第一個念頭就是我中槍了，但我並未感覺到疼痛，也沒有聽到什麼聲音，因為他開槍射擊的那把槍卡彈了。他說了些什麼，也許是「該死」，然後把槍丟掉，我猜想他的下一步也許是舉起雙手投降，不過他已經不構成威脅的想法尚未傳達到大腦時，我已經準備開槍回擊了，而且我沒有射偏。

我後來得知這一槍射得無可挑剔，而我一向認為運氣比槍法更重要。我不記得自己有瞄準，只記得我拿槍指著他，然後下意識的扣扳機。子彈打中他的心臟，他必定是當場死亡，或者不久就斷氣。在那一瞬間，當槍聲從廚房牆壁反彈回來時，我還以為是文森開的槍。後來我才意識到自己正是開槍的人，而被我射中的人已經死了。

我想我處於驚嚇狀態，文森扶住我，幫我把手上的槍拿下來，放回槍套後拉了一張椅子過來讓我坐下，並開始不停地跟我說話，說我救了我們兩人的性命，我做了該做的事，現在只要深呼吸，知道一切都沒問題，所有的事情都會安然度過。

與此同時，他把事發現場挪動一下，讓魯夫・塔格特躺在他倒下的地方，仰躺而且手臂在身體的兩側，彷彿在等某人用粉筆幫他畫出身形輪廓。他原本想用來射殺我的那把槍，也就是因為卡彈或啞火而救了我一命的那把槍，現在已經滑到房間的另一頭，文森本來彎下腰想伸手撿，不過後來想一想還是用腳踢。多年後我看到一個小孩踢足球時用腳連續帶球，那忽然讓我想起文森用腳輕推那把槍的樣子，直到槍來到他想要的位置，也許離死去男子伸出的右手約六呎遠處。

文森後來說，這模樣就像他在倒地前都還握著槍。這不是在竄改證據，因為證據就在這裡，告訴任何有眼睛和大腦的人究竟發生了什麼事。不過話說回來，為什麼要留下會引起困惑的情況呢？你把槍放回原本它應該在的地方，這就只是為了釐清狀況而做點調整。你甚至可以說你是幫天神做祂原本該做的事，如果祂有在關注這件事的話。

文森去察看公寓其他地方時，我留在原地等著，而當他沒有馬上回來，我前去找他。我們需要回報狀況，所以我猜測他在廢棄大樓裡找到一支還能用的電話，雖然機會不大，不過也並非全無可能。

但他在房間裡找到的是兩具屍體，一名女子和一個小男孩，母親與她的十歲兒子。我可以寫出他們的名字，不過我不認為這麼做會對任何人有好處。驗屍官發現她可能是在頭部受到重擊、失去知覺之後遭勒頸而亡。

塔格特在殺害男孩的母親之後又讓男孩活了幾小時，並找到很多方式娛樂自己。在過程中，男孩死了——對此大家都認為還好他及早離世。

當時我和文森在後面房間裡唯一確知的就是眼前所見，我不知道我看出了多少線索，或者對此做何感想，當下我的耳中還迴盪著槍響聲，杵在那裡就像個腦震盪的高中四分衛。

文森一把抓住我，帶我回到第一個房間，也就是只有一具屍體的地方。他說：「你的腦中可能會有個聲音，一個非常討厭的聲音對你說，你怎麼可以這麼做，你怎麼能取走一個人的性命，這時你要記得你在那裡面看到的。你所做的，除了拯救你自己和我的命之外，你還把一個天殺的怪物給消滅了。」

他認真地看著我，等著看我是否有把他的話聽進去。我說：「那個女人。」

「那孩子的媽媽。應該是。」

「不是。」我說。「那個幫我們指路的女人，打電話報案的那個。她會有電話。」

他盯著我看。「腦子轉個不停。」他說。「還是我直接去車裡用無線電如何？」

∞

以下是他回來之後我倆的對話：

「你應該坐下來。」

「不用，我沒事。我只是想不通那把槍。」

「什麼？你想得沒錯。你在他能對我們兩人其中一個開槍之前就射他了。」

「他把所有的子彈都用光了，這就是那位女士聽見的，也是她報案的原因。可是他沒用槍射殺那對母子，我去確認過了。」

「你進去那裡面？」

「那裡的地上到處都是彈殼，這裡也是，彈殼的數量比一把槍的子彈數目還多，所以他在某個時候又裝上子彈，但他沒有對那兩人開槍。」

「那他天殺的在射什麼？」

我指向流理台左邊的一處黑暗角落。

「老天，一隻老鼠？」

「有些人很怕老鼠。」

「他把子彈用光，又重新裝填，就只為了殺一隻老鼠？」

「他必定也在房間裡看到老鼠，因為那裡的地上也有空彈殼。」

「不過沒有死老鼠？」

「我沒看到。也許只有一隻老鼠，他在房間裡沒打到之後，又追到這裡來。」

「然後終於殺死牠了，製造的噪音大到讓鄰居報案。」他又更仔細看。「他真的把那隻老鼠打爛了，對吧？我不喜歡老鼠，尤其家裡有小孩的話，不過一般的老鼠只是想過活、養家而已。設陷阱、放老鼠藥，這都合理，可是我不會用一把湯普森衝鋒槍讓一隻老鼠開腸破肚。」

「他不是很會用槍。」

「那樣也好。馬修，讓我看看你。你還好吧？」

「我還好。」我說。

8

我是還好。技術上來說，我想我還處於某種程度的驚嚇狀態，不過在那間公寓裡走動對我有幫助，還有釐清他開那些槍的原因也是。我得四處察看，而且我得思考，這些是身為一個警察應該做的事，所以這就是我的天命，成為一名警察，而不是某個必須面對自己衝動後果的蠢小孩。表現出警察的樣子讓我又感覺自己像個警察。那傢伙是個威脅，那傢伙是怪物，那傢伙死了。

去他的。

我沒事。

∞

情況不同了。如果你在指定靶場以外的地方開槍，你差不多得花上好幾週做文職工作，和接受相當詳細的調查。而如果你實際上殺了某個人，情況就會相應被放大，而且即使不是強制，你也會被建議接受心理治療。

這件事大概是多久以前，將近六十年前了？他們把我的槍收走，讓彈道專家確定那就是炸裂魯夫·塔格特左心室的那一發子彈，許久之後他們把槍還給我。他們向我問話，錄了口供和紙本陳述，然後再和我比對一次內容，問我是否願意去看心理醫生，那位心理醫生專門處理像這樣的部門案件，我說我覺得沒這個必要，不過不反對。

每一次看診我都準時報到。那位心理醫生對我而言似乎有點老，雖然他可能比現在的我還至少年輕十五歲。他戴了一副很斯文的眼鏡、抽菸斗。牆上掛著證書，還有一幅油畫，畫裡面有一個小丑在一張牌桌上玩接龍。

一個人的腦中會記得些什麼，這很耐人尋味。我記得的不是他的名字，對於我們的對話內容也沒多少印象。他要求我重述在犯罪現場發生的事，我遵照我和文森回報的情況說明——塔格特拿槍指著我，在那個當下我設法先發制人，朝他開槍。言談中我提到一些當時的震驚狀態，像是一個在美式橄欖球賽中撞到頭的孩子。我之前沒有著墨太多這件事，而那位心理醫師的表情似乎在鼓勵我繼續說下去。我說我對於那些子彈感到困惑，還有我是如何釐清那傢伙之前是在射殺一群老鼠，或也許是一隻老鼠，而做這件事帶我回到正常狀態。

「當然。」他說。他問我有沒有做夢，睡得好不好，有發現自己喝酒喝得更兇了嗎？我說就算有做夢，我也不記得了，我一向睡得很沉。我說我通常下班後會喝杯啤酒，有時候會喝兩杯，這點並沒有改變。他聽了點點頭，因為這就是他想聽到的。他可能很常聽到人們這麼說，而我們大多慶幸身上沒有裝測謊機。

他說我聽起來狀況還不錯，不過總有延遲反應的可能性，所以邀請我如果之後想再多聊聊，隨時可以回來。接著我們聊到體育活動，他用接下來一小時的時間跟我說他還是無法接受道奇隊遷到洛杉磯這件事。「我還是很喜歡那些球員。」他說。「奧馬力（譯註：沃爾特・弗朗西斯・奧馬力（Walter Francis O'Malley）曾在一九五〇年至一九七九年期間擁有美國職棒大聯盟布魯克林／洛杉磯道奇隊，並於一九五八年將道奇隊由布魯克林遷至洛杉磯）出賣布魯克林人是他們的錯嗎？當然不是。所以我喜歡那些球員，不過我討厭那個球隊。怎麼可能發生這種情況？」

引人深思。

一、兩年過後，在我獲得升遷、婚姻狀況變得更糟糕時，我曾經一度想再回去接受心理治療。那只是忽然一閃而過的想法，我實際上並不會這麼做，因為那又有什麼意義呢？我可以想到最大的意義就是，或許能幫助那個人釐清自己對紐約大都會棒球隊的感想而已。

朝魯夫·塔格特開槍、將他擊斃這件事，讓我晉升為警探。

不過我無法證實這是主因。我升遷的時機點，是我和文森在戴克高地逮捕一個人之後。那人住在公園坡，是一連串闖空門案件的嫌犯，他原本在逃，後來他給了一個女人扯他後腿的理由，接著她找到我給她的名片，撥了電話給我。

隨後她打電話給他，告訴他自己做了什麼，接下來發生的事幾乎像是喜劇情節：那可憐的混蛋正要逃走時，我們就來敲門了。這時有各種可能發生的情況，不過他唯一做的就是說噢幹，而且聽起來是鬆了一口氣多於沮喪。在車裡時他說：「人是會累的，你懂吧？」這就是直到律師來之前他唯一說的話。

這個案子為我們博得好評，不過不是那種會登上新聞頭條或導致我們升遷的案子。但是我射殺魯夫·塔格特是做了好事，這是大家公認的事，也許更大的因素是我以堪稱典範的方式從這起事件中抽離，那必定為我在某個非正式的決選名單中掙得一席之地。

然後我們又在戴克高地逮到那位闖空門的竊賊，這是我在升遷時大家提到的事件，魯夫·塔格特則完全無人提及。

∞

有趣的是，我好久沒有想到他了。

寫下這些事情的感覺很奇妙。今天早上我先讀了讀昨天和前天所寫關於他的內容，做為今天的起始。我把事實盡量鉅細靡遺地寫出來，在多年後召喚出自己的想法和感受與其說是困難，倒不如說是充滿了不確定感。我可以告訴自己當時有什麼想法、對此有什麼感覺，然而我發現自己卻對敘述者的可信度產生質疑。

對我而言，最明顯的一件事莫過於在我們走進那棟廢棄大樓之前，我從來沒有朝任何人舉槍過，除非你把我七歲生日收到的水槍也算在內。但就在我們離開那棟屋子之前，我朝一名男子開了槍，而且還將他擊斃。

我朝著一名已經把槍扔掉的男子開槍。我可以花很多時間分析這個句子：我當時是否只是在把一個連貫動作做完，在得知他的手上沒武器之前就扣下扳機？或者我已經知道這件事，隱約知道，但我還是做了一個有意識或無意識的決定，將一個手無寸鐵的男子擊斃？

如前所說，我後來驚魂未定。我不記得當下可能在想什麼，就算我記得，我也無法信賴自己的記憶力。

後來我陸續知道愈多塔格特的事，他的身分以及他的經歷，就愈容易讓我把這些疑慮拋諸腦後。我想不會有人認為少了他的世界變得更糟糕。

約翰．多恩〔譯註：John Donne，英國玄學派詩人，作品包括十四行詩、愛情詩、宗教詩等等。初期詩作時常包含對英國社交界的批判，後期因經歷病痛與朋友死亡，而使其詩增添了陰沉的氛圍〕曾寫下：「無論誰死了，都是我的一部分死去，因為我是人類的一部分。」我懂他的意思，這並不難理解，不過我不認為自己曾因魯夫．塔格特的死而感到一部分死去，也從不曾為造成他的死而感到罪惡。

8

回到塔格特的話題，現在我想起他的次數，似乎比從前任何時刻都還多。

「神不會犯錯。」

就我所知，約翰．多恩沒說過這句話，儘管我懷疑他是否會反駁。多年來我在戒酒無名會聽過這句話很多次，雖然很想對說這句話的人嗤之以鼻，因為他們正是這句謬誤的話的最佳證明，但這句話確實有點道理。

如果神會犯錯，那麼魯夫．塔格特會是神所犯下的錯誤之一。要把他歸為十惡不赦很容易，我相信不只一人看了他的死亡新聞報導後都會這麼做。（那就和把我貼標籤、認為我整潔體面、頭腦清楚與大有可為的是同一批人。）

十惡不赦。我不知道那是什麼，也不清楚那是什麼意思。我知道反社會者是如何，而且天曉得他們並非罕見族群。他們往往能明辨善惡與對錯，而且不覺得這些事會阻止他們做些自認為利己的事。

這些人當中有很多都鋃鐺入獄，但沒有坐牢的，都去開公司，或在政治或軍事領域中擁有成功的事業。

我想就另一個角度而言，他們是在竭盡所能發揮所長。

我想塔格特也是如此。我猜他有個悲慘的童年，再加上他的DNA裡不管有什麼因子，使他成為如此令人厭惡的人。我想他也只是想把手上那副牌打好罷了。

嗯，我也是。

我想遠離這場無限迴圈。我不欠他什麼。他給了我警探的位置，可是不管有沒有他的幫忙，我在不久的將來原本就會成為警探。他當時是想殺我，而且要不是他的槍很配合，我會當場斃命。但他最後沒能殺我，反之是我殺了他，而我從不後悔。

當時不後悔，現在也是。

這些字字句句都經過我反覆琢磨，寫了又刪，刪了又寫，主題都圍繞著一個男人，而他在這段內容的主要特點就是，他是我第一個殺死的人。

而且不是最後一個。

∞

當警探讓我感到興奮。

當然，這意味著更高的薪水，不過當警探的好處比這多很多。更重要的是，這意味著在更高的階層玩警察遊戲，取得其他巡警發現的案子並著手偵辦。這也意味著這個角色伴隨而來的尊敬，而且不僅僅是別人敬重自己。我想我從沒遇過一位紐約警探對於得到這份頭銜不感到驕傲的。

我花了幾天才察覺當警探的缺點，那就是我再也無法和文森．馬哈菲共事了。

我不懂，我對他這麼說。我在這份工作花費的每一小時都和他一起，當時是我們兩人一起和塔格特共處一室，也是我們兩人在戴克高地共同逮捕那個可憐的混混。一直都是我們兩人一起辦案，馬哈菲和史卡德，文森和馬修，我們先是穿藍制服，接著穿在羅伯特霍爾買的雙鈕釦西裝，做我們該做的事，而且我們做得很好。

那麼為什麼只有我升職？

因為這原本就不可能發生，他說。光是年紀就足以把他排除在外，因為他們什麼時候讓一個年資超過十年的巡警升格為警探了？不過不管他幾歲都不是重點，因為他不是當警探的料，從來都不是。他不想當警探，而且也沒有那個學歷……

學歷？我們兩個都是高中學歷，不是嗎？

……和傾向，他說。他喜歡當警察，這就是他唯一想做的事，儘管這份工作和部門裡有些不可取之處，但這仍然是他想傾注心力做的事。對於這份工作以外的職位他都毫無野心，從沒考慮要考警司，也沒想過離開布魯克林，或者在七十八分局之外的轄區任職。

我說些想拒絕升遷的話，我想留在原本的地方。他們會把我分派到別處，新的階級通常意味著新的分局，而我被告知要去格林威治村查爾斯街的第六分局報到。老天，我對格林威治村知道什麼？我所有的線民都在七十八分局，我當警察的日子全都是在此度過，誰說我得用這些來交換警探的位置？他們可以收回去，我在這裡就很好了。

我不知道這番話我是不是認真的，不過他很快就反駁我。他說我注定要當警探，而他不是，他會想念和我共事的日子，可是木已成舟，就算我們沒有彼此，也還是能過得好好的。

諸如此類的話。

我記得這段對話是發生在由他挑選、位於卡羅爾花園的酒吧裡，你可能以為在那種場合我們會大喝特喝，但我們最多只喝個兩輪就停了。到了外頭，在不知該說什麼的情況下，我說他是史上最好的搭檔。

「我們對彼此都有幫助。」他說。「我們一起度過很多開心時光。你開車沒問題嗎？」

我說沒問題，於是他坐進他的車，我坐上我的車。我的確能開車，不過當下我最不想做的，就是長途駕駛，然後面對目的地的安妮塔。見鬼去吧。

於是我在公寓過夜，那一晚不斷想起文森。我們向彼此保證會保持聯絡，可是我懷疑究竟能多常看到他，或者他會多常見到我。

我想我們會一直當朋友，不過後來我糾正這想法，因為我們怎麼可能是朋友？我們打從一開始就不是朋友，我們是搭檔，這在許多方面比朋友更親近。我們會談論很多事，彼此分享，不過搭檔之間的情誼並非友誼，即使到現在，經過了那麼多年之後，我還是不知道該怎麼解釋這兩者之間的區別。

這都不打緊了。當時我的婚姻快觸礁了，我的太太可能有外遇，而小孩都明顯地長大，在無形中與我漸行漸遠，而我整個晚上在這裡哀悼的，是一段相當於形式婚姻的同袍情誼。

8

我們再試一次吧。

我昨天花了好幾個小時、今天又花一小時寫下我剛去第六分局的事。我寫關於警探組組長艾迪・柯勒，還有一些同事的事情。還寫了最初我遭受到的質疑，以及後來質疑如何化解，還有一、兩個我想到的案件。

但我剛才把它們全刪了。

我曾被告知盡量寫不要刪，如果不喜歡所寫的內容，就按下兩次輸入鍵，然後另外開頭即可。嗯，很可惜，我昨天和今天寫的都不是我真正想講的東西。

我想我唯一需要說的，就是我的新工作適應得滿好。我滿喜歡其中幾位警探弟兄，我和大家都相處得不錯，又不會和某些人走得太近。

我生活中的某些元素升級了。我原本穿羅伯特霍爾服飾店的西裝，直到中城北區的菲爾・艾洛帶我到芬奇利服飾店買新西裝，我才轉換品牌。我換掉原本的電話答錄機，改成能讓我打進去遠端接收電話訊息的機型，而且我後來搬到雀兒喜西二十四街的裝潢公寓，比波希默斯那裡更高級一點，也方便許多，租金還比較少。那時我幫房東一個忙，幫他把另一棟大樓裡的一位難搞房客趕走，於是他以這間公寓答謝我。

我的新公寓是一棟磚砌排屋，有四層樓外加一層地下室。從人行道的地面高起半層階梯是一樓，地下室則在半層階梯的下方。我的公寓是在地下室，不過有很多窗戶，還有私人的出入口，而且我的名字不在郵筒和租約上，一個月一百美金，以現金支付、沒有官方記錄。

我印製了新名片，不過設法維持同一個電話號碼。有人認識某個人的妹夫在電信公司上班，透過一些金錢交易，我在布魯克林的電話號碼就會在西二十四街的地下室裡響起，我的新答錄機就在那裡等著收訊息。

我在這裡度過的夜晚比在波希默斯還多，有時獨自一人，有時不是。

8

我想總會有些時刻改變了你的生命，而那些時刻也許是接續發生的，也許不是。

我想顯而易見的一個時刻，就是當我扣下扳機，殺了一個剛把槍扔掉的男子。可是這個行為又對我有什麼差別？如果我們把魯夫．塔格特活捉到案、即使我沒殺了他，大家仍會表彰我的表現，我未來也肯定會被晉升為警探。

我是不是就在這個重要時刻遇見丹尼男孩？若是如此，這也是我無法確切想起的一件事。我認識他時已經在第六分局做得很習慣，而且我記得某人在東尼．康佐內里（譯註：Tony Canzoneri，美國職業拳擊手，生涯一共贏得五次世界冠軍）之家介紹我們認識，那是在麥迪遜廣場花園的拳擊賽之後能順便喝上一杯的地方。

不過我想之前已經有人介紹我們認識了，而且在那之前，我們也一定聽聞對方，我覺得當我還在七十八分局當便衣警察時，就有人跟我說起他的事。那一定是在曼哈頓，因為如果丹尼男孩會去布魯克林，我應該很訝異，而且那時必定是晚上，否則他會拉上窗簾待在家裡。

不管我們在哪裡，他都很引人注目，因為沒有任何人長得像他那樣。噢，那是丹尼男孩，大家都這麼叫他，就像那首歌一樣。他是專業告密者，不過他可能會稱自己是資訊交易員。人們會告訴他事情，然後消息便會傳開來。

我們後來認識了對方，相處得很愉快。他是爵士樂愛好者，對爵士樂所知甚詳。我發現我在有現場演奏爵士樂的地方感到很自在，而且開始關注在那裡聽到的音樂。我們兩人都喜歡拳擊，有一晚我們還一起在麥迪遜廣場花園的拳擊賽台邊觀察。一位名叫文森．舒摩的次中量級拳擊手是預賽的第一位選手，一位穿著昂貴西裝的黑人正用沙啞的嗓音對他說話，他看起來很面熟，不過不是在拳擊界的熟面孔。我聽不清楚他說什麼，不過那位拳擊手似乎畢恭畢敬地仔細聆聽。

我不知道是否和那段金玉良言有關，不過舒摩在第二回合的比賽中兩度擊倒對手，而且從第三回合中段開始，裁判就喊停一直到比賽結束。當舒摩走向休息室時，那名穿西裝的男子就在他身旁。而後那名男子停下腳步對丹尼男孩微笑，並用沙啞的嗓音說：「丹尼，保重，兄弟。」

「一定會的，邁爾士。」

丹尼後來告訴我那位男子就是邁爾士．戴維斯（譯註：Miles Davis，美國爵士樂演奏家、小號手與作曲家，開創了融合爵士（Fusion）的風潮，被譽為最有影響力的音樂人之一），不過我已經先發現是他了，丹尼聽說邁爾士對舒摩很感興趣。

事情就是這樣。如果我有事要找丹尼，我知道有好幾個酒吧能讓我找到他。不過我們大部分都是在不同的爵士酒吧裡偶遇，見面時總會聊上幾句，有時他會指向一張沒人坐的椅子，然後我們一起聽一段演奏。

有時他身邊會有同伴，一、兩個女孩，總是很迷人，而且通常是白人。我有種感覺她們多半是作陪甜心（譯註：arm candy，指專門陪伴富人或名流出現在社交場合的俊男美女，雙方通常無實質的感情關係），雖然我不確定這個名詞在那麼久以前有沒有。（我可以用谷歌查查看，不過如果發現喬叟有用過這個詞，那我會不大高興。）

後來在春末的一個夜晚，我想是六月吧，不過也可能是在五月底，那時我發現自己無事可做。我在偵辦兩個案子，不過兩個進度都暫停，我必須等待更進一步的進展。那很令人挫折，你很想達成某事，但有時唯一能做的卻是枯等。

那是個好時機，能讓我回西歐樹的家，但卻是我最不想做的。當時我已經好幾天沒回家了，不過小別卻無法勝新婚。

於是我來到雀兒喜的公寓，第一次感覺到這裡有地下室的氛圍。我坐在那裡，想著我能打電話給誰，但最後還是沒能拿起電話。

於是我走出公寓，光顧幾間酒吧，但我沒點東西就從一、兩間酒吧離開了，而且在其他間喝的酒也都不超過一杯。那些地方不是太吵就是太安靜，過於擁擠或過於空蕩，當時的我簡直比金髮姑娘（譯註：Goldilocks，是英國作家勞勃．騷塞（Robert Southey）所寫的童話故事《三隻小熊》（Goldilocks and the Three Bears）

裡的人物，而後此字用來形容苛求事物恰到好處的情況〕還難取悅。

接著我走進一間位於哈德遜街的爵士酒吧，就此改變了我的人生。

∞

有四位樂手正在演奏一段曲目，我在酒吧裡找到一個座位，聆聽他們演奏。先是一段薩克斯風演奏，我想那是中音薩克斯風，接著是節奏組的表現。我不確定他們是誰，不過如果要說出一個名字，我猜想那位中音薩克斯風手是路．唐納森〔譯註：Lou Donaldson，美國傑出的爵士中音薩克斯風手〕，不過這比較偏向猜測而非記憶。

我點了一杯酒，喝了一點後環顧四周，不一會兒就看見丹尼男孩。他那桌靠近小舞台，和兩名女子共桌，同桌還有一張空椅子。我朝他們的方向看時，看見丹尼男孩說了些什麼，逗得兩名女子笑了。

某個念頭使我想過去加入談話，也許說些引人發噱的話。但我沒有立刻過去，反而先留在原地，等著某人從洗手間回來坐那張空位。我想成為他們的一分子，不過不想被當多出來的那個人。

現在回想起來，很難理解我當時為什麼要想那麼多。有個朋友就坐在對面，他們有三個人還是四個人又有什麼關係？無論如何，我過去加入他們都是完全合理的行為，或者至少去引起他的注意，表示我知道他也在場都好。

過了幾分鐘，我確實這麼做了。一首短曲結束後，鋼琴手說出那首曲子的名稱，並表示他們將以此來結束這段曲目。我起身走到一個更容易被看見的位置，這時丹尼男孩往我的方向看，我舉起手打招呼，他也照做，並示意我過去，指向那張空椅。我過去坐下，於是我們四人一同專心地聆聽音樂。

等音樂演奏完畢，丹尼男孩朝一位女服務生舉起一手，並做了個繞圈的動作，表示要再點一輪酒。他向兩位同伴介紹我——「這位是馬修，他真是紐約數一數二的人才。」金髮美女叫做康妮，黑髮美女名為伊蓮。我們全都不提及自己的姓氏，也沒有明說我是個警察。

「時機正好。」他說。「馬修，他們要休息二十分鐘，不過上好的致幻物質可能會讓他們把休息時間延到半小時。下一段表演會很值得等待，而且有你陪伴，時間很快就過去了。」

「很高興能幫上忙。」我說。

從遠處就能看出這兩位女士都美艷動人、衣著華麗，近距離見面之後更是如此。我們開始聊天，一開始聊音樂，接著丹尼男孩忽然說起另一個話題，我說不上來那話題是關於什麼，不過可能很有趣。

我也積極參與談話，不管我說什麼，兩位女士似乎都聽得很入迷，這讓我受到鼓舞。我們的談話內容富含弦外之音，我們每個人都在心裡暗自衡量對方，做出選擇。

那兩位女子的外貌都令我傾心，康妮可能讓我留下比較深刻的第一印象，也許是因為我說什麼她似乎都愛聽。不過這點後來有所轉變。伊蓮專注的方式不同，而且當我望著她的眼睛，我可以看出她的腦袋正轉個不停。

過了十分鐘左右，話語暫歇，她站起來說：「我得去一趟洗手間。」說完後瞥向康妮，她也起身加入伊蓮。

「女人總是這樣。」我對丹尼男孩說。「男人呢……」「從來不會這麼做。」他說。「我認為這也許和坐下來尿尿有關。」他皺起眉頭。「或者不是因為這個，我懷疑她們是在商量今天晚上要如何發展。」

她們確實是在這麼做。當她們回來時，伊蓮說：「丹尼，音樂很好聽，不過我想我無法繼續了。如果我說今晚就到這裡了，你不會埋怨我吧？」

我詢問她是不是不舒服，她說她沒事，不過情緒有點浮動，也許是因為滿月的緣故。

她碰了碰我的手，說：「馬修，你可以幫我叫計程車嗎？雖然現在不是太晚，我也許可以自己叫，不過……」

我說當然可以，我會幫她叫計程車，接著我起身拿皮夾，不過丹尼男孩示意我把皮夾收起來。我向他和康妮道別後，和伊蓮一起往大門走去，走到一半她勾起我的手。

到了外頭，我說她不需要叫計程車，我有開車，而且很樂意載她一程。她說她家就在東五十街，會不會離我要去的地方太遠？

我說我也是往那個方向走。

我把車停在春天街的一個消防栓旁，車開到五十街時也同樣停在消防栓旁邊。我是紐約警探啊，老天，我在儀表板上有一張卡片，能讓我在五個行政區想停哪裡就停哪裡，除了市長家的前院以外。

事態還滿明顯的，即使在我提議要開車載她之前，就知道我們會一起進她的公寓。她公寓的門房問候她：「晚安，馬岱小姐……」接著我們上樓到一間非黑即白的公寓，看起來就像雜誌裡會出現的屋子。

她把門關起來，轉上門鎖。我們站在那裡望向彼此，我覺得她的臉上似乎混雜了許多情緒，其中有恐懼，不過那也許是後見之明。我伸出雙臂，她迎向我，於是我們熱吻。

∞

完事後我們聊了一會兒，我說到一、兩天前我逮捕了一個人，他提供令人完全無法置信的不在場證明，儘管情況對他非常不利，但他最後還是證明了不在場證明是真的。我們也聊到她看的一齣令人失望的戲，還有市區一間藝廊的葡萄酒與起司開幕會，而那就不讓人失望了。這個話題使我提起在她客廳的一幅畫，那是生動的抽象畫，緋紅色的墨彩迸發的圖像。

她是在一年前看到這幅畫，一眼就知道這正是她家客廳需要的，她也知道她對這幅畫會是百看不厭。「一把它掛到牆上，我心裡就想噢天啊，就要這樣開始了嗎？我就要把所有的錢都花在畫作上嗎？可是後來再沒有別幅畫像它這麼吸引我了。我還滿喜歡它的顏色的，整間公寓裡唯一不是黑白的東西。」

「你也不是。」我說。

「我也不是。噢，天啊，馬修，或者大家都叫你麥特？丹尼男孩叫你馬修。」

我告訴她大多數的人都叫我麥特，不過我喜歡聽她叫我完整的名字。

「正式是一種親密表現，」她說完試試看叫喚我的名字：「馬修。」我們都不發一語，讓沉默蔓延，直到她一手搭著我的手臂說：「噢，該死，我很怕這個時刻，馬修，我覺得很開心。」

「我也是。」

「我很想看看我們能發展到哪裡，不過我知道這段關係不會有結果，你已經結婚了，而我絕對不是你想找的伴侶。再說破壞別人的婚姻是我最不想做的事。老天，你會想聽我講這些嗎？你這個小可憐，你現在應該只想趕快穿上衣服、離開這裡。」

我等著她繼續說。

她說：「不過在此之前我們必須談一下，不然是不是不太公平？我是說，我知道你是個警察，可是你不知道我的職業。或者也許你知道。」

「如果要我猜的話……」

「好，你猜吧。」

「你周旋於人與人之間？」

我之前聽過她輕笑，就在我告訴她關於那個混混和他不太可能的不在場證明那時候，可是現在她聽了我的話之後捧腹大笑，這讓我很想逗樂她，這麼一來我就能再聽到她的笑聲了。

「噢，哇，」她說。「我本來還在想開場白，然後你就把整段文章寫完了，而且你找到最棒的表達方式。你周旋於人與人之間？如果我不是，那我會聽不懂你在說什麼，所以我一點被冒犯的感覺都沒有。馬修，是什麼洩漏了我的祕密？」

正式是一種親密表現。「嗯，我是個警探。」我說。

「而你的敏銳思緒從沒停止運轉。」

「我到你們那一桌時，我能夠更近距離觀察你和康妮，我第一個想法是你們兩個是模特兒，因為你們長得很好看，還有對衣著打扮十分講究。」

「然後我們從內而外散發的妓女特質露餡了。」

「你可能是模特兒，但康妮對於時尚界來說可能有點太豐滿了。」

「她胸部很大，不是嗎？」

「再加上模特兒總會讓我有種不滿足感，也許是因為她們總是擔心自己不夠有魅力，或者也許只是因為她們總是吃不飽。」

「今天的午餐我很規矩，只吃了一顆蘋果和一顆灌腸藥。」

「就是這樣。我的下一個猜測是演藝人士。演員，也可能是舞者之類的。」

「不過？」

「不過後來丹尼男孩問了我一些事情，然後我說了一長串，我注意到你們聽我說話的方式。特別是康妮會直視我的眼睛，每個字都很專心聽。」

「哪個自恃甚高的女演員會這麼做啊？」

「不過我發現她其實沒有真的聽進去，噢，她是在專心聽沒錯，而且如果有個針對我說話內容的考試，那她會得高分，不過她是在設法看起來對我說的話很感興趣，實際上她其實沒那麼想聽。她的專注力還不如投射在我身上的目光多。」

「真有趣。那我呢？或者你只專心觀察康妮而已？」

「你是真的在聽。」

「噢。」

「如果是假裝，你的手段也比較高明。」

「不對，我是了解現況。」她說。

「打從你來我們這一桌，在大家開口說話之前，我就心裡想，噢，他是個警察。而且……」

「你立刻就知道了？」

「馬上就知道，你的眼神、你的態度、你整個人的樣子，該怎麼形容，故作姿態。我覺得你不適合當臥底。」

「只能扮特定幾種角色。比方說假扮成不正派的警察。」

這句話又博得她的燦笑。接著她說：「所以我看到一位俊俏的警察，看見你手上的戒指，然後再看看你的眼神，我就知道了。」

「知道什麼？」

「知道你會跟我回家，知道如果我們很幸運的話，就會到這裡做我們來做的事情，然後你會穿上衣服，離開我的生活，對彼此來說我們除了一段快樂的回憶之外什麼都不是。」

「那是你想要的嗎？」

「不是。」她說。

她說她想要的也許不可能發生，而且就算我也想維持這段關係，我們要在一起仍舊是天方夜譚。她希望我們能繼續做自己，一個婚姻幸福的警察和一個樂在工作的應召女郎，我當她的男朋友。她不希望我剝奪她現有的一切，她也不想要從我這裡獲得任何東西，更別說影響到我太太和孩子們。不過她希望能有個對她而言重要的人，某個她能像這樣共度春宵的人，某個無論是否在床上都很親密的人。

她自從高四之後就沒交過男朋友了。正當她意識到男友是個蠢材的時候，對方讓她懷孕了。他原本會娶她，因為那就是他這種傻瓜會做的事，不過幸好她和她的薇琪阿姨說了這件事，薇琪有個表親認識某個醫生，於是她快速、不動聲色地墮胎，事情就這樣結束。

兩年後她在中城的一間公司工作，有一天她和名叫凱倫的女孩一起吃午餐，凱倫炫耀自己又穿了一件新的喀什米爾毛衣，某種念頭驅使伊蓮問凱倫，以這樣的薪水如何能穿得如此貴氣。

「我會去和人約會。」凱倫說。「我是很稱職的約會對象。」

這讓伊蓮想了一會兒，不過也只是一會兒時間，真正令伊蓮訝異的是，她發現自己知道這件事後並不感到驚訝。她很感興趣，但不是因為她想在抽屜裡放滿喀什米爾毛衣。她希望的是，脫離她成長的家、討厭的工作和一個乏善可陳的未來，住在萊維頓一間三房的公寓，嫁給一個和她差點結婚的蠢材先生。

凱倫介紹她認識瑞塔，由瑞塔負責安排她的約會行程。兩天後，她接到一通約會電話，於是告訴老闆她偏頭痛要請假。她原本可以走六個街區到那間飯店，但她告訴自己，現在她是會搭計程車的那種人了。「到荷蘭雪梨飯店。」她告訴司機，而且不需要告訴他那間飯店在哪裡。

那位嫖客穿著飯店提供的白色毛巾布浴袍，他剛洗過澡，這點伊蓮認為他很貼心。他們聊了一會兒，他告訴伊蓮自己來自印第安納波利斯，只在紐約短暫停留，不過他那未明說的工作很常讓他來紐約出差。他請她把衣服脫掉，她照做了，他告訴伊蓮她非常漂亮。*我想你對每個女生都這麼說吧*。她心裡這麼想，不過沒說出來。接著他背往後靠坐下來，打開浴袍，不難想像他要她做的事，而她也照做了。

她不需要收錢，費用會直接轉給瑞塔，再由瑞塔分給她。當她穿好衣服時，她對他報以溫暖的微笑，並說希望還有機會見到他，他說她是個甜心。「這給你自己收著。」他說完把錢拿給她，後來發現是一張五十元鈔票。

她從不曾懷念過去，一等到她能負擔得起，她就搬到默里山的小套房，而等到一年的租約期滿，她就準備好要搬到五十街，遇見我時她已經住在此地將近三年了。她還是有些約會是透過瑞塔介紹的，不過大多數的工作都來自於滿意的顧客的推薦。

她沒在皮條客底下工作過，她知道有些女孩有，而且在她看來，她們都受到某種方式的精神傷害，其中有些人會吸毒，對伊蓮來說，與其要吸毒，她還寧可把收入捐給某個穿著阻特裝（譯註：

zoot suit，為一九四〇年代美國墨西哥移民流行穿著的服飾，通常有過長的外套搭配寬大的老爺褲，而且顏色鮮艷又醒目）、戴紫帽的上城小丑。她有幾次吸大麻吸到嗨的經驗，也嘗試過古柯鹼，不過這些她都不喜歡。她對酒類也沒興趣，是會喝個一杯，不過很少會想喝第二杯。

所以她就是這樣的人，這可能已經超出我所需要知道的了，不過她也滿希望能有個傾訴的對象，我覺得自己也許就是那個人，如果我不是，那麼我們可能需要早點認清事實，而非留待以後。

所以我覺得怎麼樣？

我說：「這是我的感想。如果穿著白色毛巾布浴袍的是我，就是那種豪華飯店提供的……」

「像在荷蘭雪梨飯店的？」

「對，差不多像那樣。而如果是我把浴袍打開，你覺得我可能會得到什麼？」

「一段開心的時光。」她說。「我想我們兩人都會是如此。」

8

我們大部分的時間都是開心的。

每週一、兩次，通常是待在烏龜灣的黑白公寓裡，少則一小時，多則會過夜。我會打電話確認她是獨自一人而且想要人陪，而當我抵達，門房會確認身分，且歡迎我進門。

偶爾她會打給我，如果她得留言，她會說她是我表妹法蘭西絲。這種情況罕見到幾年後她留下這個訊息，而我忘了這個代號，還花了一點時間才想出留言者是誰。

有時我打電話給她，她說她手邊有事待處理，這是她的說法。有時電話轉到答錄機，讓我猜想她是在沖澡、做頭髮或正在服務某個服飾業的男人。

或者是律師，她有不少客戶是律師。

對此我有什麼感覺？我相信我是五味雜陳的，而有個感覺我至少可以確定，那就是我通常處於麻痺狀態。當你像我這樣喝酒，這就會是必然的現象，而且這就是他們把這東西放進酒瓶的原因之一。

喬，我要濃烈一點的酒。我不想要有任何感覺。

人生過了一大半，很難回想起當時的感覺。其中必定有驕傲的成分，這群男人有些比我更富有更成功，他們全都得付錢給這位女子，做她心甘情願為我做的事。她美麗、聰明又風趣，而且她選擇把時間花在我身上，與我共度。

所以我覺得驕傲，也知道自己很幸運。

我也感覺到道德上的優越感。不對，確切來說不是如此，比較像是我能感覺到我們在道德上的平等地位。

因為儘管我盡可能不去想這件事，但我其實不太滿意自己變成這樣的人。我目睹自己的婚姻分崩離析，我是個糟糕的父親，也是更糟糕的丈夫。我喝酒過量，而且因為警察的身分而逃避刑罰，更不想去承認終有一天，我可能會無法逃過究責。我在工作上投機取巧，做些明知故犯的違規之事，而且對此我也逃過懲罰，但這是該讓人思考的問題——或者再一杯黃湯下肚，我就不必思考的問題。

不過我是站在法律正義的一邊，不是嗎？如果說我的道德不夠嚴謹，那麼你何不好好檢視她的作為？每次她讓一位付費顧客進入她的房間，她就是在做違法的事。她的收入十分可觀，但她的生活卻相當不「可觀」。老天，她願意為陌生人做的事，甚至是許多女人不願和她們的先生做的事。嘿，也許我不是個稱職的丈夫、父親和警察，但我還是我，一個丈夫、父親和警察，而她是個妓女。

這類的想法並不常出現，也是我不想憶起的，但它仍舊在我的思緒中，有時我會注意到它的存在，必須得眨眨眼將它抹去。

我們大多數時間都相處愉快，而且多半覺得事情沒那麼複雜。我們光顧一些酒吧，聆聽好音樂。我們很常聊天，而且我確定我們雖然會對彼此說些謊，但不是太多。

我認為自己總會在握有掌控權時才會和女人展開對話，我習慣潤飾自己的形象。天知道我的婚姻正是如此，這麼做稍微奏效了，而之所以奏效是因為我讓自己看起來像是安妮塔希望我成為的人。和伊蓮在一起時，不知為何我知道自己不需要這麼做。而且我愈是讓她看見我的本質，她似乎就愈喜歡眼前所見。

8

今天早上我有點晚才到電腦前面，醒來時覺得心裡有點煩悶，於是我做的第一件事就是拿架上的一本書，坐下來閱讀。那是其中一本小說，大概是中間的集數，是個有很多人遇害的愛情驚悚小說，而且——劇透警告！——伊蓮和我復合了。

這本小說大致提及了我們相識的過程，以及最初在一起的時候，但時間是在我們開始相戀的多年前，有些事實寫錯了。我坐到丹尼男孩那一桌加入他們，不過地點並非在鬧區的爵士酒吧，而是丹尼男孩時常光顧的普根酒吧。還有其他與事實不符之處，我想那些就是我不確定的地方，所以我才回頭找那本書。多半是一些小事，像是她在客廳牆上掛了一幅抽象畫，那是在以黑白為主色的家裡唯一的亮眼紅色，而在那本書則提及她有兩幅畫。為什麼要改變這件事？一幅畫不夠嗎？閱讀這些內容讓我很躁動，不過我大約忿忿了一小時之後，就知道這件事並不重要。

誠如我所言，這本書是一本愛情驚悚小說，幾乎符合作者想呈現的樣貌。故事一開始，是有個來自過去的人突然出現，改變了現在與未來，我想這樣的情節效果很好。書中以現在時間來敘事，實際事件都和我所記得的相同，而我雖然無法解釋一些更動，但我猜他覺得這麼做會讓故事更具戲劇性，也更刺激吧。

事情發生時，我從來不覺得刺激，當然也不會從中得到快感。是很戲劇性沒錯，但如果稍微不那麼戲劇性我可能會更高興。

這都不打緊。如果他可以把我的生日從九月改為五月，我想他也有權力把我們見面的地方從蘇活區改為西七十街。

回頭談到早年時光——剛好和伊蓮幫我保存的「早年時光」波本威士忌名稱相同。「早年時光」沒什麼特別的，不過它不需要多特別，它很好入口，而且能發揮效用。

除了性愛與談話之外，我們對彼此還有其他實質上的助益。有一、兩次或者更多次，她向我描述她從嫖客那裡聽聞的事情，而那最後幫助我破案。她從來不必出面作證或提供證詞，而如果我有引述她的話，那也會是匿名消息來源，不過她曾經啟動訴訟程序，使得其中一個案子登上一、兩次頭條。

而我為她做過什麼？嗯，如果一個人過著鋌而走險的生活方式，那麼有個有警徽的好友還滿管用的。當門房告訴她，有一名警官在向他打聽伊蓮的事情時，我設法找到那位打探消息的警察，和他說兩句。她沒問題，我說。她是一個很有價值的線民，也是我很親近的朋友。不會再說什麼，他告訴我，於是事情就到此為止了。

有一次，每個應召女郎都害怕的事情就發生在她身上：一名嫖客心臟病發或中風，不管是什麼原因，反正他死在她的床上。

在那之後我看過一件T恤上面寫著：「朋友會幫忙你搬家，不過真正的朋友會幫你搬屍體。」我收到一通緊急訊息要我回電給法蘭西絲表妹，而那讓我有機會證明我是她真正的朋友。

這起事件有寫在小說裡，而且書裡的內容也完全正確，我在曼哈頓金融區的街道棄屍，用從他皮夾拿的五百美元和協助我的巡警平分。我猜想那個死去的男人會希望我拿這筆錢幫他隱藏這個祕密，不讓他老婆知道他在妓女的床上嚥下最後一口氣。

所以我們在彼此的生活中扮演許多不同的角色，而當真正的威脅來臨時，多半是由我來設想應對方法。

那也許是我比較擅長處理的事。

∞

這些都有寫在書裡，資訊夠正確了，而且鉅細靡遺，而我最不想做的就是重溫這一切。但這麼做很關鍵，而且似乎有必要說明梗概。

有一名男子名叫詹姆士·李歐·摩利，他是令人聞風喪膽的虐待狂變態，他決定要進入伊蓮的生活，還有其他很多女性，包括康妮·庫柏曼也是其一。我要伊蓮提出告訴，不過似乎沒有方法能阻止他，最多只能設陷阱抓他。

我的方法奏效了，不過效果不如我預期，最後演變成一場近身肉搏戰。幸好他的下巴很不經打，我全力肘擊他的弱點終於贏得勝利。

他非法闖入伊蓮的公寓，當然是如此，而在前一次的造訪，他對她施以殘暴的肛交，而且還用他強而有力的手指傷了她不只一次。他曾犯下一缸子的侵犯罪，做出多不勝數的違法勾當，但加起來仍不足以讓地方檢察官能很快將他起訴。老天，她是妓女，而我是時常和她在一起的警察，即使是最缺乏經驗的法律援助律師都可以讓我和摩利看起來像兩個不相上下的皮條客。或者他會認罪協商，地方檢察官會自鳴得意的把那個婊子養的在里克斯島關押九十天。

當然我想做的是殺了他，把他的脖子扭斷，然後棄屍在某處。不過遺棄一個心臟病發患者的屍體是一回事，而把一個被謀殺的受害者棄屍又是另一回事。而且雖然我事實上射殺一名男子時並未因此而招致大麻煩，那件事是發生在我想能稱之為激烈槍戰的過程中，而且我是在履行警察的職責，但就摩利的情況而言，我若這麼做，會是殺害一個幾乎失去意識的男人。這會是貨真價實的謀殺。

所以我想起那名被我射殺的男子，也記得文森·馬哈菲如何在犯罪現場動點手腳，將被扔到老遠的槍移動一下，好讓現場看起來像是手槍的主人倒下時還握著它。我幫摩利搜身，很高興找到一把槍，於是用他的手握住槍，並用他其中一支強而有力的手指扣下扳機，朝客廳的牆開了好幾槍。（而且差點就打中那幅畫。）

然後我們想出證詞，不過最後沒有人必須作證，也不必接受交叉詢問。我寫我的報告，而伊蓮和康妮也做了陳述，於是謀殺警察未遂的指控經過認罪協商後改判為嚴重傷害罪，摩利出庭應訊，並可能在亞提加監獄服刑一至十年。

我向老天祈求，如果有機會我一定殺了他。

∞

經歷摩利這類的事件，要不是讓我們的關係變得更親近，就是讓我們變得疏遠。就我們的例子來看，我想可能兩者都有一點。

我們一同面對危險的處境，最後因為兩人共同的努力而安然度過。在過程中，我們做偽證、偽造證據，把一名男子送進監牢——不是無辜男子，而且很難找到比他更不無辜的了，但儘管如此，此人並沒有做出我們發誓他做了的事。

我以前也做過偽證，這不是工作職責的一部分，不過很少有警察會在證人席花大把的時間，而不把事實稍加修改來因應案件的需求。正如你看到的，如你聽見的——嗯，你當時在場，你知道發生了什麼事，毫無疑問那個婊子養的做了他被控告的事，所以為何還要留下兩吋的空隙，讓某個可悲的辯護律師可以開坦克車通過？

伊蓮的工作也不需要尊重真相，如果她的工作做得好，每個從她床上離開的男人都會相信她很享受他們共度的時光、她認為他的談話很吸引人，而且他的做愛技巧令人神魂顛倒。她的很多客戶事實上都是有趣的人，偶爾她會讓自己享受其中，真正讓自己感受高潮的快感，不過這只是偶然會遇到的情況，而且她通常都會假裝高潮。

這種共同經驗能讓我們消除隔閡，我有時會認為這就像是一個存在——可以說是房間裡的大象（譯註：an elephant in the room，為英文俚語，用來表示「人們不願多談但卻顯而易見的棘手問題」）——只有我倆能看見。這讓我們有可以談論的話題，無論我們想不想談論或去想這件事，它都在那裡。

有個直接的影響就是我們發現有必要隱瞞我們的關係，既然我已婚，我們並不想在城裡到處拋頭露面，好讓我們的名字被寫在通俗小報上，不過在餐廳或爵士酒吧仍是自在的。後來我們只在她的公寓見面，而且一直到摩利進入亞提加監獄服刑之前，我們都很少見面。之後儘管他已入監，他仍對我們造成足夠的陰影，讓我們意識到謹慎行事的必要。

∞

有一件事我已經很多年沒想起，不過也許這件事是有關聯的。某個平日晚上，也許在法庭結案半年後，我們從臥室來到客廳。她幫我泡了一杯咖啡，並加了少量的早年時光威士忌增添風味，然後打開一罐 Tab 無糖可樂，一派輕鬆地說她過幾天會有一週不在家，要去加勒比海坐遊艇。

誰的遊艇？

「某個有錢人。」她說。「他在慶祝某件事——大概是搜刮民財吧，所以他邀請三個朋友同行，也告訴他們可以攜伴參加。」

「你就是那個伴嗎？」

「那個人是我的客戶，不過我確認一下我的記錄，發現就和我記得的一樣，我只見過他三次，而且最後一次還是在一年半前。」

「我想你讓他留下深刻印象。」

「我想他是覺得我夠優雅，會在用餐時用對叉子，不會讓他丟臉。他大概是這麼說的。我的猜測是，我們不會有很多時間製造火星汽車。」

這是簡略的表達方式。她曾經跟我說過一則笑話，一群火星人造訪地球，其中一件他們想知道的事，就是人類是如何繁殖的。用口頭描述不成，所以兩位科學家自願做愛，讓造訪者可以在一旁觀看過程。做到了一半，火星人開始咯咯竊笑，後來更哄堂大笑。什麼事情那麼好笑？「在火星上，我們就是這樣製造汽車的！」

「嗯。希望天氣會很好。」我說。

「那樣我才不會暈船。我通常不會暈船，只有過一次，但那次的經驗讓人永生難忘。噢，你知道我不在的時候你該做什麼嗎？」

「哭著入睡？」

「打給康妮。」

「康妮？」

「康妮・庫柏曼。你打給她，她會很高興的。」

「你認真？」

「百分之百認真。她覺得你很可愛。我們認識的那晚，你原本可以和她在一起的，如果不是我先搶先贏的話。」

「你不介意？」

「我到時候會在兩千哩以外的地方，靠著船邊嘔吐，而你反正也會和某個人在一起，那為什麼不找一個很棒的人呢？」

我從沒打過電話給康妮。我原本一度查看她的電話號碼，正當我要撥打時，我的電話響了，是一個線民要告訴我某件不能等的情報。而另一晚是因為我要帶兒子們去看在亨普斯特德打的大學籃球賽，否則我會打電話給她。霍夫斯特拉大學對戰某間大學，也許是艾德菲大學，我忘了我們為什麼要去看，我想一定是有人給我票。

然後你知道，一週的時間很快就過了，接著她回來了，我們又像往常一樣，不過有某件事情變得有些不同。對於她把我推向她的閨密，我不確定自己是什麼感覺。那是一種慷慨的舉動，表示她關心對我而言什麼才是她自認為最好的，而與此同時，這顯然也證明她不在意我和另一個女人上床，甚至對方是她親近的朋友。

∞

我想不出在詹姆士．李歐．摩利前往亞提加監獄和在華盛頓高地發生的事件之間究竟隔了多久，後者導致我做為紐約市公務員的職涯畫下終點。我也許可以想辦法查一查，這兩起事件都有公開記錄，不難查閱。很可能我花個幾分鐘就能查到，而且不用離開書桌。

不過我不太想花太多時間仔細檢視那段人生，那兩起事件可能相隔一年多、不到兩年，在那段期間，無論多久，我繼續做著尋常的事，但我的人生各方面卻每下愈況。

我原本沒打算告訴你這些，我發現有些時候事情並不順遂。我工作上的成就感減少了，而且第六分局有兩個人不知何故後來和我不對盤，一是文書警司，一是另一位警探。我做我的工作，偶爾記錄上會添一筆表揚的事蹟，不過我的心思並非專注於此，而且我很難再投注精力在額外的工作上。

這對我而言是前所未有的情況，我一向對工作極有熱忱，把下班後的額外工作當做返回西歐榭家裡的替代方案。當我注意到自己心態的轉變，我告訴自己這很正常，當警探的新鮮感褪去了，這變成只是一份工作而已。如果我能設法把工作做好，那就足夠了。

我對於兩段關係的看法也相似。我提供家庭、妻兒衣食無缺的生活，若要說我時常不在家，嗯，又有多少婚姻是盡善盡美的呢？我和安妮塔更常發生爭執，在一起的多數時間都以沉默填滿，不過對孩子，我們仍盡量表現出一貫態度，有時我們會到外面吃晚餐，偶爾也會躺同一張床上，而且記得在床上可以做些除了睡覺以外的事。

有一晚我們多喝了一、兩杯而導致如此，事後我躺在她旁邊，確信我們在過程中心裡都想著別人。我幾乎要脫口說出這件事，不過她已經睡著了，過了一會兒之後我也睡了。

和伊蓮在一起時不會有爭執或長時間不語的情況，不過我發現自己變得較不常打電話給她，若打給她了，她也變得不怎麼熱情。而無論在不在床上，我們相聚的頻率都比以前低一些。

如我所言，在摩利等待判決期間，我們不再出現在公眾場合，之後也是。我們不再在安靜的法國或義大利餐廳吃晚餐，也不去五點咖啡館聽孟克演奏，或在米基爾爵士酒吧聽查特．貝克。

我去她公寓時我們還是會做愛，不過事前和事後的對話都很簡短，而且感覺不那麼親密了。當我注意到這件事時，我想我把這視為不可避免的情況。我會說婚外情與婚姻並非截然不同，在這兩者之中，時間都扮演侵蝕性的角色，遲早會把最好的部分侵蝕殆盡。

那麼當我沒在專注當警察、先生或男友時，我都在做些什麼？

我花很多時間待在西二十四街的公寓裡。我租下那間公寓，好讓我沒回西歐榭時可以有個地方睡覺，我也的確在那裡度過許多夜晚。（我也曾想過把這裡當做帶女人回來的地方，不過多年來，以此為目的的記錄只有兩次。）

不過現在我不只是在那裡過夜，每當我沒有其他地方可去時，我都會去那裡。我會聽收音機播放的音樂，打開一瓶酒給自己斟一杯，等酒杯空了之後再倒一杯。

我知道獨自喝酒儘管不危險也會引人擔憂，不過我也知道這麼做有些優點。天知道這是比在酒吧裡喝酒更有成本效益的選擇。這讓你不必和不想一起坐的人共坐，更別說和他交談了。而且如果你在酒吧裡喝個痛快，回家和回到自己床上的過程會很麻煩。如果你是開車去，你有的選擇是醉醺醺地開車回家，或者隔天努力回想自己把車子停在哪裡。

在自己的公寓裡，你可以轉開自己喜歡的收音機頻道，不必聽某個蠢蛋在點唱機播的歌。而當你喝完當晚最後一杯酒，也就是讓你的大腦斷片的那杯酒，你不必擔心怎麼回家，因為你已經在家裡了。

∞

好，快轉一下。

有一晚發生的事情我過去時常提及。多年來，每次我在戒酒無名會訴說我的故事，這件事都值得一提，而且在所有早期小說中著墨細節，頻繁的程度令我認為人們已經生厭了。

（我對勞倫斯．卜洛克這麼說，但他說這是有價值的資訊，而且能提供動機。我提議是時候把這件事拋在腦後，於是從那時起他選擇避而不談。他承認在一本書中，他描述我是朝上坡的搶匪開槍，而在另一本書中，我開槍時他們則是在下坡處。兩名互不認識的讀者發現了這個差異，並寫信向他提問。為了釐清記錄，他想知道究竟是上坡還是下坡，不過我說我不記得了。）

所以簡短描述事件：有一晚我值完班，最後兩小時基本上是偷雞摸狗，我還在上班時間，不過我已經結束工作，去到二十四街，享用在轉角的酒吧買的三明治，並在冰箱裡找到一瓶啤酒。接著我小睡一下，等我醒來時大約是八點三十分，我考慮要開車回西歐榭。

我睡著時收音機還開著，而當我考慮要開車回家時，天氣預報說會下雨。後來發現那晚根本沒下雨，市區裡或長島都很晴朗，不過因為氣象預報說很可能會降雨，而那為我做了決定。我不想冒著傾盆大雨開車回西歐榭，甚至連毛毛雨我都不想。

但願我沒聽見氣象預報，但願我還是不顧一切決定回家，我可以在雨中開車，我是大人了，並不會因此融化，我的車也不會。

但後來我想喝酒，在公寓裡找看看有沒有酒，不過一滴不剩。那一陣子家裡很少會存酒，因為打開的一瓶酒很快就會變空瓶了。街角就有一間酒品專賣店，我可以過去一趟，來回只要十分鐘。我決定這麼做，買個五分之一加侖的早年時光、Ancient Age或其他放在架子下層的波本威士忌，然後坐下來好好聽點音樂。這麼做輕而易舉，我已經開著收音機……

但我最終並未這麼做，雖然我但願自己這麼做。

我提起這件事，不過想不出為什麼要提及。我後來決定不想再獨自喝酒了，那時就是不想。而我不只一次想起伊蓮，拿起電話撥打她的號碼，不過電話忙線中。我大可等五分鐘再撥，但我沒有，反而頓時有點惱怒，因為每次我想找她的時候，為什麼她總是在和別人通電話？

於是我離開公寓，坐上車之後漫無目的地開，接著想起某人曾經帶我去過一次的地方，遠在華盛頓高地市郊。那裡很適合讓人待個一小時左右，不會太擁擠或空蕩蕩，酒保幫我倒了一杯美酒，而儘管點唱機播的歌曲有點太鄉村風格，不過搭配波本威士忌還算合適。唯一的問題是我能否找到那間酒吧。

結果是我可以，而且我也找到了。酒保還記得我，甚至記得我上次喝什麼。

∞

而我究竟記得什麼？

當你已經連續好幾年想著某件事情，當你對自己和別人描述這件事的細節無數次時，你想起的究竟是什麼？是事件本身嗎？還是對於那起事件的回憶，不斷映照在一連串無盡的鏡子裡？

這件事我說得還不夠多嗎？

∞

那就再說一遍吧。

我沒看見他們進來。我當時坐在桌位，在吧台付了錢之後走到我的位子坐下來，船長椅會比無椅背的吧台高腳凳舒服。我應該要看到他們進來的，因為我是警察，做為這個角色，我有職責充分意識到身處的任何地方——誰和我一起在這裡，誰離開了，誰又進來了。這與我是否下班了無關，就像我仍被要求攜帶武器一樣，我還是得眼觀四面、耳聽八方。

然而當時我沒注意，並未發現他們進來，或甚至其他任何事物。我想我在聽點唱機播的音樂，不過不是真的認真聆聽。後來我聽到那位酒保說：「好，好。」我朝他的方向看過去，看見他前方站了兩名背對我的男子，他正在遞給他們某樣東西——必定是收銀機裡的錢——此時我的腦袋才開始理解眼前所見，那兩名男子的站姿，還有一束光線照在應是槍的東西上。

槍聲響起，人們驚聲尖叫，等我站起來從皮套拔槍時，槍手已經衝出門外。我追趕在後，我們都站到外頭的街上，接著他們往上跑或往下跑，不知是哪個方向，不過這又有什麼差別？

他們其中一人是否有轉身朝我開槍？有時我會這麼想，不過無法確定這件事的真實性。這也許是我想像的，好讓我能合理化接下來發生的事，可是無論是否為真，這都和我們跑往街道的上坡或下坡一樣無關緊要了。

我單膝跪地，左手握住右手肘——這是在他們開始教兩手一起握槍之前的事——接著我看見清楚的射擊機會，於是我開了槍，而且不斷開槍直到用完子彈，正如同我所學的那樣。

你得說我的槍法很準，我射中他們兩人，其中一人被我當場擊斃，另一人基本上被我射成了瘸子。這是正當射擊，因為後來發現他們把那位酒保槍殺了，而且我朝他們開槍時，他們手裡也都有槍。現場有個女子說他們都在朝我開槍，雖然那種目擊證人的說詞並不比我自己那不確定的記憶力更有說服力。

如果事情就到此為止，我會是一個英雄警察，出現在對的時機和地點，而且做了對的事，我的人生會繼續前進。儘管我的人生遲早還是會崩壞，因為那就是我當時正在走的路，但至少可能會花上好一陣子的時間。天網恢恢，無論你喜不喜歡，報應不是不報，只是時辰未到。

這並非事件的全貌，因為我的左輪手槍可以發射六發子彈，而其中四發射中了我瞄準的男子，其他兩發則不是。一發子彈射到某個東西而反彈，也許是人行道或石階，某個該死的東西，那使得子彈改變了彈道，而且並未如人們所期望的讓子彈減速，那發子彈最後擊中一名小女孩的眼睛，而且直接穿透她的大腦，要了她的命。

他們說小女孩當場死亡。

她名叫艾提塔．里維拉，艾提塔的意思是小星星，我不知道里維拉是什麼意思，谷歌翻譯也不知道。我也不知道她那麼晚在街上做什麼，但她絕對有權利在那裡，至少比起我射死她還有權利。

就全世界而言，包括紐約警局、媒體和路人，我沒有罪。我槍擊的兩名男子都有暴力犯罪記錄，而那位酒保可能並非唯一死於他們手中的人。

∞

沒有人想到要測試我的血液酒精濃度，不過倘若他們這麼做了，我可能也不會有事，因為我在那間酒吧才買了一杯酒，而且還沒喝完就跑出去追他們了。至於我當時在距離自家街區以北八、九哩的酒吧做什麼，這個嘛，我是一名警探，以追尋線索和利用自己的時間培養消息來源聞名，難道這樣的解釋還不夠嗎？

沒有任何人懷疑我，以前的警察通常都是如此，而且我敢說現在應該還是這樣，只不過此現象在某些街區會比其他地方來得明顯。

∞

沒有審判。其中一個被我開槍擊中的男子當場喪命，而這也使他獲得了「免獄卡」。另一位男子出院時告訴大家是他的夥伴射殺了那位酒保，不過彈道證明顯示情況正好相反。這都不重要了，地方檢察官指控他犯有兩宗重罪謀殺，而後讓他求處較輕的罪刑，但仍被判二十年至無期徒刑。

不過這起事件要告一段落仍花了一點時間，想當然耳，我交出我的槍，休假一段時間，於是有好幾個月都無所事事。

除了喝酒之外，我喝得很兇。我在西歐榭的家待了一陣子，之後開車進城，窩居在位於雀兒喜的公寓裡。起初我的生活就只剩下走路來回酒品專賣店，但是那些店家時常被搶，只要問我諾曼姨丈就知道了，而我又會不停想到，要是有人趁我正在買波本威士忌時搶劫，那我沒有槍該怎麼辦？

這不成問題，店家很樂意幫我送酒來，於是我從來不需要離開我的公寓。

不過最後我當然還是離開了。到了那時，我告別了我的人生——工作、家庭、所有一切。

∞

昨天我整個早上都坐在書桌前，但我一個字都沒寫，就只是釐清我在二十四街安頓下來的生活，和在上城三十三街區下榻的那段時間。我無法掌握那段生活，就像試著要抓取香菸的煙一樣。

電影裡可能會這麼演：我們看見一名男子坐在沙發上喝酒，接著畫面切到同一個場景，不過他已經三天沒刮鬍子了，原本空空如也的邊桌上方現在放了兩個空酒瓶。接著又是同一個場景，但現在邊桌上有四個空酒瓶，還有一個在他腳邊的地板上。

然後是蒙太奇手法：警局的入口、一張桌子，一隻手把金盾警徽扔在桌上，一名男子離開，一道光照在男子留下的金盾警徽上閃爍光芒。

和其他別的畫面。男子駕車在長島公路上往東行；同一輛車停在近郊一間大小適中的房子車道上，男子兩手各拿著一個皮箱從屋子裡走出來，經過那輛車後繼續走到人行道上。

或者我們會看見他站在月台上，一輛火車駛入車站。接著他在賓州車站裡行走，手上仍提著那兩個皮箱。又或者我們可以跳過那些細節，只看到他從一輛計程車下來，車子就停在西北旅館前面。他在登記卡上簽名時，皮箱就放在他的腳邊，接著在他步出狹小的電梯時，皮箱在他的手上，他踏過磨損的走廊地毯，來到他剛才租下的房間。

他打開門，把行李拿進去，放下行李，關上門，把門上鎖。這間房間很小，有精簡的家具，他走到唯一的窗戶前面，我們看見位於五十七街南側那氣派的公寓大樓，還有遠方幾哩之外有世貿中心的新雙子塔。

床旁邊有一張桌子，上面有個電話。他坐在床緣，手伸向電話，但我們可以感覺到他想不出要撥電話給誰。

∞

——你不該讓我看這個。「不要給任何人看，包括伊蓮。」

——我想這取決由誰來認定該或不該，我自己的認定是，我是寫下這些文字的人，所以我能決定該給誰看。我怎麼可能寫關於你的事，而不給你看那些內容？你全都看了嗎？

——當然沒有，只看有我名字的句子。我當然全都看了。

——幾乎都是你已經知道的東西，不過我想……

——最好是。你怎麼從沒跟我說過你有個弟弟？

——我沒有弟弟啊。你從哪裡知道的？

——還說哪裡咧，你是想情感操縱誰？這些年來我從來都不知道關於喬瑟夫．耶利米．史卡德的事情，而且……

——噢老天啊，你說我從來沒跟你說過我有個弟弟，我以為你是說和我年紀相當而且還活著的弟弟，所以我真的沒有，但我沒想到你的意思是……

——你弟弟。

——我沒提過他？

——從來沒有。

——你確定？

——有的話我會記得。最早我跟你提過關於我的事，我說我是家中的獨子，你說你也是。多年來我們不只一次聊過這個話題，說我們兩個都沒有任何兄弟姐妹。而現在，我們都到了開始忘東忘西的年紀，你才忽然想到你弟弟喬。

——我從來沒想到他。

——你從來沒想到他？親愛的，你坐下來書寫你的人生，而你在第一頁就提到他了。

——我想是有某件事驅使我想起他吧。我很少回首童年時光。我發誓我不是故意不告訴你關於他的事情，我只是從來沒想起過。你不是說你父母想生更多小孩嗎？

——對，他們想，如果有方法辦得到、而且不用碰對方的話。

—你不是告訴過我，你母親曾經流產？

—那是在我出生前的事，我不知道細節，也不知道她當時懷了幾個月，不過我想應該沒多久。她流產了，然後兩年後又懷孕了，而且是懷上了我。她從此之後再也沒懷孕過，儘管他們似乎強迫自己努力嘗試。

—你跟我說過這件事，不過只是順便提起，因為這對你來說並不是很重要。

—嗯，是不重要。她流掉的寶寶，不管是男是女，根本不會有人跟我提起。可是你的弟弟已經出生了，活了幾天，而且還有名字。

—我只能說我從來沒想到他。我沒看過他，我也從沒認識過他，他沒有機會在我心裡留下任何印象。

—但你的母親之後就變了一個人，你的父親也是，如果你覺得這對小馬修不會造成任何影響……

—也許吧，對耶。

—什麼？

—「不要給任何人看，包括伊蓮。」我開始覺得這個婊子養的知道他在說什麼了。

∞

—你真的認為安妮塔有外遇嗎？

—印象是這樣。有對夫婦就住在我們家隔壁的街區。

——在西歐榭？

——沒錯。某個週日我們到他們家，他喜歡穿上圍裙烤熱狗，只不過那些不是熱狗，他來自威斯康辛，那裡的熱狗有個特別的名字，德國油煎香腸，他是這麼說的。「來點啤酒和油腸吧。」一開始我以為他是在跟孩子說話。

——你覺得安妮塔喜歡他的油煎香腸？

——你一定要這麼描述嗎？

——嗯，對。說真的，你做了什麼？利用你那神奇的警察直覺嗎？

——她對他讚不絕口，還說他太太這麼不修邊幅真是可惜。然後她就不再談論他了，那讓我有所警覺。

——心裡有鬼？

——之類的吧，不過我不予理會。我告訴自己，我之所以會有這種想法，是因為我希望這事成真。

——為什麼你會希望……噢，你覺得這樣才公平？

——也許吧。如果她有些祕密，我就不必為自己的生活方式感到罪惡。不過我不太管這件事了，而且之後我們的關係很僵……

——你和安妮塔。

——……她有點想告訴我她和別人在一起。我不記得她是怎麼說的了，不過暗示得很清楚。我原本可以針對這件事挑她毛病，而且我想她就是希望我這麼做。

—可是你沒有。

—沒有，她一定也知道我清楚接收到她的訊息了，可是我什麼也沒做，於是這件事就當沒發生。我想我偶爾還是會想起這件事，而且懷著傷感的幻想，幻想他們兩人私奔了，可是我想這件事不會有機會實現。你可以帶那個女孩步出聖亞他那修教堂之類的。

—你知道他是誰嗎？我不是指德國香腸先生，是說聖什麼鬼的。

—亞他那修。不知道。所以沒錯，我有理由確定她有外遇，不過我不認為是會讓安東尼和克麗奧佩托拉黯然失色的那種。無論如何，那已經是超過半個世紀以前的事了，我們的婚姻也是，而這個女人已經過世二十年了。

—真的有這麼久嗎？

—我想應該是二十二年，別問我時間怎麼過那麼快。我去參加她的喪禮時，那必定是多年來我第一次又想起她和那位德國香腸男的情愫。

—你在她的喪禮上想這件事？

—在喪禮上你什麼都會想起，那就是為什麼大家要去參加喪禮。

∞

—李・柯尼茲。

—哪位？

——是我們見面那晚的中音薩克斯風手。不是路·唐納森，是李·柯尼茲。

——你說了算。

——那間酒吧的名字是半分音符爵士酒吧。

——願那間酒吧長存人心。我不就是這麼說的嗎？

——你只有提到哈德遜街。

——那不重要。你確定不是路·唐納森？

——確定，是李·柯尼茲沒錯。

——如果我沒記錯的話，他在幾年前過世了，不過我想不起來他跟路·唐納森誰走得早？

——路·唐納森還健在。今年十一月一日他就滿九十六歲了，而且他才剛退休幾年而已。不要那樣看我，你真的以為只有你和谷歌很熟嗎？

8

——我沒看過那間公寓。我知道你有個地方，不過不清楚在哪裡。是在西二十四街上嗎？

——就在第九大道西側。

——可是你覺得自己待在旅館比較好？

——我不知道我在想什麼，甚至有沒有在想都不知道。我的腦袋裡有些想法，而我會去實踐它。

當時我忽然想到這件事，然後我一回神，就在查爾斯街填寫離職文件，交出我的金盾警徽了。

—你那著名的金盾警徽。你把它扔在桌上。

—不是，那是電影裡演的，感謝老天我們永遠不會看到那部電影。我把警徽交給艾迪，由他幫我交回去，而且我們還討價還價了一下，像是兩個在四十七街做生意的男人，一直要賣給對方同樣的鑽石一樣。最後我走出警局，身上沒了警徽，而我並未繳回我的槍，因為槍原本就已經在他們那兒了。

—自從那次……

—自從那起槍擊事件，沒錯。我從來沒能回去值勤，所以我再也沒看見那把槍了。

—值得慶幸。因為一想到你拿著一瓶酒和一把槍……

—我不記得我有過任何自殺的念頭。那陣子我想了很多，不過從來沒想過要飲彈自戕。

—但就算是如此，當一個男人面臨崩潰邊緣，而且……

—我是那樣嗎？

—我不知道現在他們會不會這樣說，精神健康失調？

—不管是什麼，我做過最自我毀滅的事，除了喝大量超出我的肝能負荷的酒精之外，就是把我的鑰匙還回去給房東了。誰會放棄一間租金管制的公寓啊？

∞

很難理解為什麼我會把鑰匙還給房東，那時我已經積欠幾個月的房租了，可是房東並未催我，而且我大可以開張支票就好。那麼一來，當我和安妮塔簽字分手，就不必去找旅館房間了。如果我知道自己在做什麼，或者要往哪裡去的話，那會是個好辦法。可是我漸漸察覺自己不想再當警察了，而且也意識到我不想當個丈夫與父親，於是放棄那間公寓就和繳回警徽與配槍是同等的事了。

只要我在查爾斯街的警局之外工作，二十四街就一直是我工作的一部分，也是寶貴的附屬品。可是我在那裡的日子結束了。我會在西歐榭過生活了，所以還需要在雀兒喜有個臨時住所嗎？

我在西歐榭住不到一個月，就知道當警察並非我人生唯一走到終點的事情。有那麼一刻，當我在打包兩個皮箱時，我很想打電話給我的房東，問問他是否已經找到別的房客了。

但我沒打那通電話。部分原因是我不想讓自己感覺比平常更像個白癡，且與此同時，我也感覺到自己的處境需要找個新的地方重新開始。

我的旅館房間比我在二十四街的租金還貴，而且面積不到那裡的一半。這裡沒有私人出入口，而是有個進出都得經過的櫃台。偶爾我會想到我退租的那間公寓，但願自己沒做傻事，不過情境不常出現，而且我也不是發自內心的後悔。我做了對的事。

∞

我把寫的內容讓伊蓮看，也是對的事，雖然我的確在電腦前面考慮了幾天。一開始我沒理由提起這個計畫，不過隨著字數逐漸累積，我不禁覺得像在對她隱瞞什麼，我一天接著一天書寫，這項計畫的內容也漸漸變得可觀。

我們針對我寫的東西聊了很多，我複述了其中一部分，然後她在我說到一半時打斷我，說別唸了。「我不想干預你在做的事。」她說。

∞

所以我回到桌前，繼續寫。

有一次伊蓮曾對我的搭檔文森．馬哈菲表達過她的想法。她當然沒見過他，不過文森出現在很多故事裡，她想知道文森後來的發展，還有我們是否有保持聯繫。

當然，當時我們說會保持聯繫，然而想當然耳，我們並未這麼做，不太算是有繼續聯絡。我調了警局，從公園坡調到格林威治村，在調任的過程中，我把文森與我的銀盾警徽和羅伯特霍爾西裝一同拋在腦後了。我無意這麼做，完全不是故意的，但事情就是這麼自然而然發生了。

我們從來都不是朋友，就許多方面而言，我們比朋友還親近，但把我們連結在一起的，並非我們陪伴彼此時得到的快樂，而是我們在這份工作中扮演的角色。我們是搭檔，一起從事危機四伏的工作，其危險絕不限於有人會朝我們開槍的可能性，而且這份可能性始終存在。我們其中一人隨時可能需要拯救另一人的性命，而這樣的情誼遠比兩個住在同個街區、每週六一起打十八洞高爾夫球的朋友還深厚。

在我們結束搭檔關係後，我記得我們只見過兩次面、通過一次電話。我們先以電話聯絡，而我打這通電話時，必定是我在第六分局工作一個月左右了。我當時在西歐榭，孩子們都睡著了，安妮塔則在朋友家，我關掉電視，拿起電話。他聽到我打來似乎很驚訝，而且一開始有點防衛心，彷彿我知道的過往種種現在會對他不利。

不過他很快就不起疑了，他向我更新一些人的近況，他們是我倆在七十八分局都認識的人，我也聊了一下當時正在處理的案件狀況，然後我們祝福彼此順心如意，就這樣掛斷電話。

我很高興我打了這通電話，不過我也意識到，我很可能不會再打這個號碼了。

在那之後，有個我們早期處理的案子終於開庭了，我們兩人都被傳喚作證。我們各自對一位助理檢察官做了陳述，然後來到歐爾美角街的法院。我當時穿著西裝，我總是穿西裝，而我很訝異地看見文森穿著藍色制服。

他先被傳喚，而他才剛說完名字和頭銜，兩造律師就暫停問訊，在法庭旁廳交談。接下來就是大家知道的，他們安排了認罪協商，法官解散了陪審團。

我在外頭問他是否有時間喝一杯。「就去轉角吧。」他說。「如果你不介意在滿屋子律師的地方喝酒的話。」

他帶我去的地方昏暗又安靜，我們在吧台買了酒，然後把酒拿到桌位喝。我注意到他的行事風格和以往不同了，以前在我們晉升為便衣之前，我們總是穿西裝出庭問訊，如今他卻把西裝留在衣櫥裡，穿著舊制服現身。

「不過我想這麼做奏效了。」我說。「因為你就只需要報上姓名，發誓會說真話，除了真話以外什麼都不說，就把那個婊子養的嚇到認罪了。」

他笑了，拿起他的酒，再放下時說：「不是，你知道，我現在都是這麼穿的。」

「他們又要你穿制服了？」

「是我自己要求的，應該說是我堅持要這麼做，最早我跟他們說，他們第一個反應就是這麼做很不合常規。」

「不合常規？」

「『極度不合常規，馬哈菲。』嘿，我為什麼要把一大筆錢花在西裝上？更何況這麼做比較簡單。你穿上藍色制服，就不必費神該搭配哪一條領帶了。」

「了解。」

他笑了。「這是我必定瘋了的婉轉說法，不過我並沒有。晉升為便衣警察是很棒的機會，而且這一點我得感謝你……」

「噢，別這樣說。」

「不，這是真的，我們都知道真的是這樣。我開始穿西裝，把工作做好，所以在你到橋的另一端之後，我原本可以就待在原地就好。事實上也的確如此，他們派給我一個新搭檔，名叫艾爾菲·瑞爾丹的人，我不確定你知不知道他……」

「我不太認識。」

「……他還不錯，我們相處得來，不過我發現我還是想念制服。之前我們兩個搭檔的時候，我還不知道自己會想念它，但現在我很懷念。我喜歡走在街上，或坐著喝杯咖啡時，每個看到我的人都知道他們正在看著一名警察。」

「你覺得西裝會改變這個情況？」

「我猜我看起來就是像警察吧。不過說實話，我想我一直以來都是這副樣子。我讀的學校總是有人想把你引向神職，但對我，他們連試都沒試。他們看著我，就知道我最後會做什麼職業。」

「命運。」我說。

「之類的吧。不過小孩，很小的小孩，他們看到你的制服時才知道你是警察。」他的臉色一沉。「對於有些到了特定年紀的孩子而言，你是他們會害怕的對象。不過對於其他孩子，尤其是年紀比較小的，他們看到的是某個會保護他們的人。那就是我看見的，而且從他們的臉上就看得出來。」他聳聳肩。「你知道，我想我喜歡那樣。」

在那之後我不是很確定自己做何感想。穿制服感覺像在走回頭路，一種退步的行為，不過他似乎比以前開心。我記得當時我想的是，比起我的高級西裝和金盾警徽，他似乎對於自己的現狀更滿足，不過我並未花太多時間思忖我們的對話。

老實說，我不太常想起我這位老搭檔。

下一次他的出現與我隔了一段距離，那是在報紙和當地新聞上。每隔幾年會進行警察腐敗現象的調查，這次是以布魯克林為核心，聚焦於四或五個分局，其中也包括七十八分局。他們成立了專責委員會，由一位剛從聖約翰大學法學院畢業、年輕又飢渴的助理檢察官領頭，你會認得他的名字。他的高知名度讓他一路走入奧爾巴尼的州長官邸，如果他有管好自己的褲襠，也許還能在那裡待久一點。

使那位州長回歸平民的性醜聞感覺是他應得的懲罰，但無論他有多想歸於平淡，這件事都和文森·馬哈菲一點關聯都沒有。文森因為做錯兩件事而受到抨擊——向一個可能是毒販的人拿錢，和在一場刑事審判中做偽證。

他做了一般人會做的事，與調查委員會合作，不過不是太積極，過程中不情不願，而且盡可能不牽扯到他的同伴。做為回報，他們讓他退休。他工作滿二十年，再加上五年或更多年的資歷，於是他可以提交文件，領取退休金。

可是他們收走了他的警徽和配槍，而且他再也不能穿那身藍制服了。

這件事情發生時，我盡可能不表達關注。我不認為自己有任何需要擔心的地方，雖然我在七十八分局時也做過不少偷雞摸狗的事情。當然我拿過錢，而且偶爾我會出庭並發誓說真相，但實際上卻是為了掩蓋真相。這一切都是過去式了，那是在布魯克林的過去經歷，而我當時在曼哈頓，所以我不認為這件事會對我造成影響，最後確實也沒有。

我想過要與文森聯繫，但我並未這麼做，有時我會感到後悔，只是還不到讓我輾轉難眠的程度。不和他聯絡有好處，因為我做的任何聯繫都可能引來某個過分積極人士關注我，即使他不會發現什麼，但我還是寧可避免。

再說我又能說什麼或做什麼？這對我們任何一方又會有什麼好處？

我確實又看過他一次。

那大概是我搬進西北旅館一年或兩年後的事，當時我已經在做這個可謂新事業的工作一段時間了，我在當無照而且也不專業的私家偵探。我認為自己是在幫朋友忙，有時也這麼描述所做的事，不過並非每個雇用我的人都可稱為是我的朋友，而且我幫這些忙是有領薪水的。我想這是種方法可以繼續當警察，而且還可以繼續吃吃喝喝又有地方住。當時我想不出還有什麼比這更適合我的工作，現在仍是如此。

有時我接下的案子會讓我離開曼哈頓，也時常走訪布魯克林。（其中一些過程在書裡有記載。）有個案子雖然沒讓我回到公園坡，不過帶我回到第一個在加菲爾德的公寓。那使我有種近鄉情怯的感覺，而且有個想法使我趁自己還在那個街區時回去看看波希默斯的公寓，我真的去了，也憶起多年來不曾回想的心情與事件。

然後我回頭專心工作，不一會兒就找到位於歐文頓大道的華友銀行，我期望會在那裡向一位副理探詢某些資訊。我穿過旋轉門，走了十步或二十步後經過一位穿制服的警衛身邊，這時我意識到一件事，轉身看著他，那位警衛正是文森·馬哈菲。

有一瞬間我以為他設法回到工作崗位了，因為他身上穿的制服和之前值勤時穿的並沒有太大差別，唯獨剪裁不同，顏色也比紐約警察的藍制服更柔和些，他胸前的徽章是個警衛特別徽章，也可能是從一盒船長玉米脆片裡拿出來的。

不過那是文森沒錯，他看起來變老了些，也變胖了一點，還有某個不同之處——不知為何他看起來個頭有點縮小了，彷彿這身較淺的制服讓他變得沒那麼孔武有力了。

我站在那裡看著他，我當時依然還算是個警察，所以沒想到不能直盯著一個人。也許他感覺到我的目光，也許他只是習慣掃視整個空間，他轉身面向我，我從他的眼神看出他認出我了。他叫了我的名字，我走過去，我們握了握手。

他說：「老天啊，馬修，我希望你不是來搶我們的。自從我到這裡來，我的手還沒擺在槍上過，一次也沒有，更別說拔槍了。」

我告訴他我在那裡的原因，還有準備要見的對象。

「噢，他啊。」他說。「那傢伙是個娘兒們，他會把你想知道的一切都告訴你，而如果你再對他施加點壓力，他連金庫鑰匙都會給你。讓我看看，你看起來很有精神。」

「你也是啊，文森。」

「幾年前我看過關於你的報導，那次是正當開槍，在華盛頓高地發生的事，不過你應該很悲傷吧。」

我們繼續談了一會兒那件事，不過只是輕描淡寫帶過，他說我必定聽說或讀到關於他捲入的麻煩，我說有。他說巡警福利協會的律師幫了他很多忙，他最後可以帶著退休金和健保離開，如果他想，他還可以直接去佛羅里達。

「我負擔得起，」他說。「勉強可以。那樣一來每天早上我要做的決定就是去海灘還是高爾夫球場，但這兩個活動對我的愛爾蘭皮膚來說陽光都太強烈了。所以我沒有去，而是每天早上來這裡報到，幫顧客指引方向，和盯著那些看起來不像屬於這裡的人，也許一個月會有一次，某個酒鬼或瘋子會闖進來，於是我會架著他的手臂護送他到外頭去。」

我說這聽起來不錯。

「是還可以。」他說。「這不是最有趣的工作，不過一份工作能多有趣？時光飛逝，你可能很難相信，不過這下我就能領兩份退休金，每個月收到兩份薪水。但你知道嗎？我還是不會去佛羅里達。」

「與此同時，你可以穿制服。」我說。

他點點頭，沉默了一會兒後說：「你知道，我小時候從來沒對自己說，我長大後想當一名銀行警衛，我也沒聽過哪個人的志願是這個。不過小孩，年紀很小的那種，他們牽著爸媽的手走進來，這時候你知道他們看到什麼嗎？他們看到的是一位警察。」

輪到我點點頭。

「所以沒錯，馬修，我可以穿上制服，這不是真的警察制服，而且毫無疑問是個劣質品，不過也沒那麼糟糕，真的沒那麼糟。」

那是我最後一次看到他，我不知道他是否有領到全額退休金，不過有可能就是為了能確實領到第二份退休金，他選擇留在布魯克林，因為他在公園坡的酒館裡安靜地喝著烈酒和啤酒，然後癱倒在一旁。酒保會心肺復甦術，很熟練的按壓了，不過他還是走了，回天乏術。

過了幾週我才得知他過世的消息，否則我會去參加他的喪禮。

伊蓮說得沒錯，她想知道文森後來怎麼了，任何看了這些內容的人都會想知道，所以我乾脆花個幾天的時間回憶這些事，並把它們都寫下來。

不過寫這段過去讓我不太快樂就是了。

∞

雖然寫得不好，不過我完成這項任務了嗎？我寫得夠多了嗎？

我不太確定。我盡量詳實記述我前三十五年的人生，從襁褓時期到警察生涯的結束。從那時起，我有了第二次生命，也許還有第三次，然後半個世紀過去了，但在我看來，最近這些年的生活已經有充足的紙本記錄了。

那包括一整個書架的書，十七本左右的小說和一本短篇小說集。那些書的書封印有勞倫斯・卜洛克的名字，但書裡的主角和敘事者都是我，而且是勞倫斯・卜洛克用近似我的觀點訴說的。這些書被稱之為小說作品，雖然是小說，不表示缺乏真實性，而是願意為了戲劇效果重新安排事實，或許也是為了追求更高層次的真實。

最後那句話聽起來好像胡說八道，不過我暫且不做更動，因為我想不到更好的方式來表達我的意思。

如我所言，一整個書架的書，我認為現在沒必要在這裡複述它們的內容，把一本又一本書串連起來講述我的人生故事。我不想這麼做，而我更不想把那些書拆解，抱怨這一本的時間順序有問題、那一本讓我同時處理兩個案子，而實際上那兩個案子發生的時間相隔好幾個月。

我會讓那些書維持原狀，你知道，那些書每一本我都讀過了，而且大多數還不只讀過一次。記憶是會形塑形狀的東西，如同實際發生的事件那樣，現在這些小說和故事都成為我記憶的一部分。

不過在對街住西北旅館的那些年裡，我經歷了酗酒與滴酒不沾的生活，這期間肯定發生了一些有趣的事情，無論是個人的還是工作上的都有，但那些事情從來沒能付梓成書。其中一些事情填補了我那幾年的生活畫面，它們讀起來難道不有趣嗎？

嗯，也許會是有趣的，我想起了一些情節，其中一個是關於一位阿姆斯壯酒吧的常客，我許多年沒想起他了。可是當我想要召喚那些回憶、付諸文字時，我只感覺到一股悠長的疲憊。

∞

不過我一直想起摩利。

詹姆士．李歐．摩利，我已經寫過關於他的事了，他就是試圖干擾伊蓮生活的人，我故意陷他於罪，包括謀殺警察未遂的罪名。我製造假證據，準備在法庭上做偽證，如果不是認罪協商中止了他的審判，我原本會理直氣壯地做這件事。他被關進了監獄，世上再沒有其他更適合他待的地方，而看著他被銬上手銬離開，我感覺到心滿意足。

我感受到勝利。我費盡心思、神通廣大，而且也充分利用在這份工作中學到的技能，最終解決了一個問題。

就這樣達成目的。

這件事絕對不會讓我徹夜難眠，也不是在我望著一杯波本威士忌，尋找不存在的答案時會想到的事，更不是我覺得有必要在戒酒無名會提起的事。在我進行這項計畫的第四、五步時，基本上是在回頭檢視我的生活，並釐清讓我煩擾之處，但就算在那個時候我也壓根沒想到詹姆士．李歐．摩利。如果我曾經想起他，那麼他會出現在我成功處理的事件之中，所以我可以放心忘記他才怪。

我必須說，摩利花了十幾年的時間竭盡所能讓自己被遺忘，他服刑的時間超過他的最高刑期，額外那幾年是拜他的不良表現所賜。他在監獄裡設法殺死兩個或三個獄友，即使無法證實，但他的罪行顯而易見。他的確極有可能死在石牆之中，無論是自然或非自然因素，但他存活下來了，而且最後還出獄了。

也許是復仇的慾望支撐著他。

因為在他心中，我欺騙了大家。我並未公平地玩這場遊戲，我是個警察，誓言不只是維護法律，還要遵守法律，但我卻捏造證據，對他提出了明知是虛假的指控。

那不公平！在每個學校的操場都能聽見這句話，因為如果每個小孩生來只知道一件事，就是人生應該是公平的。

而如果有一個教訓是他們遲早會學到的，那就是人生並不公平。

在他們把摩利帶離法庭之前，他所說的最後一句話就是他和我沒完沒了，他會和我還有我所有交往過的女人算這筆帳。大多數前往監獄的人都沉默不語，不過也有不少人在走出大門之前會出言威脅，也許這麼做讓他們覺得好過一些。警察、法官和法庭官員通常都是受威脅的對象，而他們也早已學會不把它當一回事。

不過你還是會注意到這件事。當時在我心裡掀起波瀾的，並非他所說的話可能會對我造成任何實質上的危險，而是有個惱人的想法，那就是那婊子養的並沒有完全說錯。

噢，不過別搞錯了，即使你浪費丁點時間觀察，他就和前面提及的所有人一樣是在盡本分，但這並不能改變一項事實，他是個罪該萬死的人，正在往他真正歸屬的地方前進。

但他還是說對了，我作弊，違反了規則，也違背了我自己的誓言。事實上，我採用了非法而且不道德的手段，沒錯，還有不公平的方式得到我認為令人滿意的結局，一個我認為能使那樣的手段合理化的結局。

嗯，你說對了。我大可這麼說。你說的沒錯，我打破了規則，我作弊。你知道嗎？去你媽的。

8

細節都記載在小說裡了，他服完了刑期，完整的刑期再多個幾年，步出監獄時心裡只有一個念頭。我不會說是復仇的想法使他撐完那些年，因為這件事我不能確定，不過他的確一直懷著這個念頭。

而且他並未浪費時間履行計畫。他先從伊蓮最好的朋友康妮・庫柏曼下手。康妮成功做到了一個十分罕見但並非聞所未聞的壯舉，那就是她愛上了一位嫖客，那位嫖客為人正派，而且成熟到能接納她與她的過去，並懷抱足夠純真的心愛她。他帶康妮到俄亥俄州一個小鎮，和她結婚並生了三個孩子，一家五口原本過著幸福快樂的生活，但摩利卻找到他們，一個活口不留。

細節在此時此刻並不重要，不過摩利又讓事情雪上加霜，他設計了犯罪現場，讓馬西隆的警察從一開始就下了結論，認定當地的生意人菲力普・司德凡不明原因謀殺了他的妻小，接著自殺了。

儘管這非常駭人聽聞，但證據確鑿，很容易結案。當他們把這個案子收尾簽結時，摩利把這則新聞從報紙上剪下來，放進信封裡寄給伊蓮，並前往紐約。

他在紐約殺了很多人，這個混帳東西。他原本可以殺我，而且他曾有機會這麼做，不過他要把我留到最後。他差點就殺了伊蓮。

「她的心臟很強壯。」得知她能存活下來時，外科醫師這麼告訴我。

真的是如此。

到了最後，如果任何事情都有結局的話，我追蹤到他藏身的公寓，那是他藉由殺害合法住戶而侵占的公寓，為什麼不呢？不過我還是找到他，多年前在東五十街那同樣脆弱的下巴讓我把他打暈了。

勞倫斯・卜洛克想在小說裡把這一段改掉，他說這個風格對他而言有點太像阿基里斯腱。我說這就是真實狀況，應該有些意義，而且你怎麼能寫到阿基里斯，卻忘了提他的腳跟呢？

我記得那間公寓，不過我想不起來是在哪一個街區，更別說地址了。雖然過一陣子我很可能會想起來。我對那裡印象最深刻的，是屋裡充斥著劣質的麝香味，聞起來就像動物的獸穴一樣臭，像某個臭氣沖天的掠食者巢穴，角落還藏著啃食到一半的骨頭。

我不知道自己在那裡坐了多久，呼吸著裡面的空氣，抱著他失去意識的身軀。我再次把槍放到他的手裡，不過這次我沒有對著牆掃射，而是把槍口放進他的嘴裡，手指搭在他的手指上面。我等著，心裡明白我必須做這件不知為何一直無法辦到的事。

直到他快要醒來時，我做了我該做的事。

我會後悔這麼做嗎？不會，而且我到底為什麼要後悔？我甚至沒作弊，這次沒有。我是在公平行事，遊戲的規則已經改變，現在是「殺或被殺」，而我不難做出選擇。

如果說有某件事令我後悔，那就是好幾年前我在伊蓮的公寓裡做的事情。我後悔我所做的——製造假證據、做偽證——不過我遺憾的原因，並非因為這些是不公平的手段，而是它們造成的後果。當我布置了犯罪舞台，後續的場景便因而啟動，導致未來俄亥俄州五個人喪命，加上紐約好幾個人陪葬。這叫我怎麼可能不感到後悔？

但願我之前就做了這件事：我希望我偽造犯罪現場、朝著牆面開槍，然後用我的槍，我的左輪手槍，把一發子彈射進對多數人有幫助的地方。他的頭，他的心臟，無論哪裡都好。

我活了很久，期間我殺過幾個人。一個是無辜的小孩，我懊悔極了，但那次真的是意外，而意外留給我的傷疤已隨著多年的歲月淡化了。

我不認為我所殺的其他人會讓我良心不安，也許這顯示出我的人格有缺失，但我想這不是我說了算的。

我最深的遺憾顯然是無作為的罪過，一個我原本可以殺死他，卻未這麼做的情況。我想著可能因此活下來的生命，原本可以避免的傷害。看在上帝的份上，為什麼我在一開始有機會殺了詹姆士・李歐・摩利時沒這麼做？

∞

話雖如此。

經過華盛頓高地事件之後，我過了幾年才又見到伊蓮。當時我已經遠離原本的生活，搬進西北旅館的房間，我確實有和她聊過幾次，因為一、兩個案件而聯繫上。我們在電話裡的交談很親切，不過簡短、扼要，而且我們都沒有建議要聚一聚喝杯酒或一起吃飯。

接著摩利出現了，伊蓮立即的反應是打給我，於是我們忽然又湊在一起了。

而且從那時起一直到現在。

我想我們都對此感到驚訝，不只是我們後來上了床，還有我們都在不知不覺中等待彼此重回對方的懷抱。她的生活變動比我小，依然住在同一間公寓，也還在從事當時尚未稱為性工作的行當，而我則是滴酒不沾、清醒地走在身為私家偵探這個漫長的人生道路上。最初的我們愛上了彼此，但當時我們不夠有智慧，對此沒有自覺；生活造就的我們至少夠聰明了，能抓緊彼此直到我們睜開雙眼，看見眼前發生的事。

這種感覺不太需要在這裡談論，要寫下來也不容易。不過我要說的是，我不確定若沒有不速之客詹姆士．李歐．摩利的介入，這一切還會不會發生。我猜想我倆深厚的情誼遲早會重現，無論什麼情況，我們注定要在一起，也許事實就是如此，然而當我產生這個想法時，我卻無法不去想海明威為傑克．巴恩斯〔譯註：Jake Barnes，為美國諾貝爾文學獎得主厄尼斯特．海明威（Ernest Hemingway）著作《太陽依舊升起》（*The Sun Also Rises*）筆下的主人翁〕所寫的這句話：

「這樣想不是很美好嗎？」

戒酒無名會的承諾之一是我們不會為過去後悔，也不會企求過去的事情從未發生。我自己的看法是，在意自己生活的人不可能沒有遺憾，可是有另一個方式看待它，那就是要對現況滿意，你就必須對於人生路上的每個轉折心懷感激。

我以為我的人生已經接近尾聲了，然而它卻比我期望的還更豐富、更令人心滿意足。我從沒想過自己會活得那麼久，也沒想過自己能如此滿足。

有些方面並不如意，我曾經失去過一些人，也遠離了某些人。我很少和長子麥可見面，儘管我對於他和他的妻兒有著很深的情感，但我們幾乎無話可說。

我甚至想不起來上次聽聞他弟弟的消息是何時的事了。我不知道安迪可能在哪裡，他似乎從沒在同一個地方待久，而另一位安德魯．史卡德顯然在綜合格鬥領域成績斐然，但這卻讓我無法在谷歌搜尋引擎上找到我家安迪的消息。有一陣子他和麥可多少有保持聯繫，不過後來他就不再打電話了，也許是因為他欠了哥哥太多錢，覺得困窘。

我確信酒精和毒品在他的人生中扮演重要角色，所以他有可能得和我一樣，需要戒酒無名會的協助。很多人都是如此，不過大多數人並沒有那麼幸運。我會寫下我一直以來都避而不提的：就我所知，他已經死了或入土了。我希望不是這種情況，不過這肯定機率不低。

我可能永遠不會知道了。

曾經有個無家可歸的黑人小孩，在我遇見他時他大概十四歲，後來他幾乎成為我和伊蓮的兒子。看著他成長，看著他的人生逐漸成形著實帶給我為人父母的喜悅。當我退租對街的旅館房間，決意在凡登大廈展開生活時，我將他安置在那裡。他成了我的助手，顯現出當個私家偵探該有的天分。在我準備要退休時，他變得熟悉股票市場，並發現自己對當沖具備不可思議的天賦。那並未耗費他一天裡太多時間，於是他利用其餘的時間在哥倫比亞大學旁聽非正式課程。

在小說裡和生活中，我叫他阿傑，他從原本常在我們身邊，接著變成有時出現，隨著時間發揮應有的作用，最後變得頻率極低。令人訝異的是，他現在已經是個中年男子了，在威斯徹斯特郡擁有一間房子，車庫裡停有他和太太的休旅車，他的長女現在已經和我們第一次在時代廣場見到阿傑時同樣年紀了。

偶爾我們會和他與他太太見面，不過我們對他太太所知甚少，連阿傑也快變得不熟悉了。我們熟悉的，是他還是男孩的時期，以及後來長成大男孩的他，而不是今日的他。因此我們不那麼常見到他，不過那似乎也足夠了。

週五晚上我時常參加聖保羅教堂地下室的戒酒無名會，幾年前，我很訝異自己不喝酒的時間，竟然已經比戒酒會上所有人都還長了，一直到現在還是。這些聚會已經不像從前那樣吸引我，不過我從沒在離開時暗想自己應該待在家就好。即使我曾在一次較長的分享中打瞌睡，我還是相信就算整場都在睡覺，戒酒會的效果仍不會打折扣。

伊蓮也有自己熱中的組織，那是由已經脫離應召生活或還在試圖從中抽離的女子組成。該組織在運作的短短幾年裡改過幾次名字，最近一次的名稱是「性工作者尋回自己」，不過他們還在尋找更好的名稱。伊蓮發現這個團體時早已離開應召生活很久，不過加入這個組織對她來說有療癒作用，甚至讓她扮演了贊助人與心靈導師的角色，而且她還在那裡交到了朋友。

我們還和誰見面？米基和克莉絲汀，他們肯定是我們最親近的朋友，而有時似乎也是我們唯一的朋友。我們之間的情誼非常緊密，伊蓮認為其中一個原因是，在我們所認識的夫妻當中，唯獨他們和我們一樣，一點都不像夫妻。

麥吉尼斯和麥卡蒂……

遺憾？是的，當然有，有些事情我原本可以做得更好。但我沒有悔恨，因為我真的很喜歡現在的自己。

人生的路，走到這兒，夠精采的了。